ANGÉLINA,

OU

LE VIOL,

DRAME en 5 Actes et en Prose;

Par Mr Benoist Sablon,

De la Chapelle Saint-Mesmin, près Orléans.

A PARIS,

Chez ... { BARBA, *Libraire*, au Palais-Royal.
VENTE, *idem*, Boulevart des Italiens.

ET A ORLÉANS,

Chez Mme. Ve Huet-Perdoux, Imprimeur, rue Royale, N°. 94.

1823.

PERSONNAGES.

ANGELINA, jeune Artiste, Fille naturelle de M. Defontanne.

M. DEFONTANNE, Homme de qualité.

M. DECLÈVE, Colonel, Père de Valère, et veuf.

GERMAIN, vieux Serviteur de M. Declève, très-attaché à
son maître.

M. VALÈRE, Officier, fils de M. Declève.

Mme DE BELLEMONT, Veuve sans enfans.

M. DELARENTE, Financier plein de défauts.

FRONTIN, Valet libertin de Valère.

RENÉ, Domestique.

Mme MASSEAU, Femme de confiance de Mlle Angelina.

M. DÉTOUR, Homme affidé à M. Delarente.

Le Pasteur, Protecteur d'Angelina.

Mme DENIÈRE, Femme dans le besoin.

Des Recors et autres Valets, René, etc.

La Scène est dans un Château près des Barrières de Paris.

ANGELINA,

OU LE VIOL,

DRAME en 5 Actes et en Prose.

ACTE Ier.

Le Théâtre représente une pièce qui sert d'antichambre à différens appartemens.

SCÈNE PREMIÈRE.

FRONTIN, M. DECLÈVE, GERMAIN.

FRONTIN, *seul.*

Tout le monde dort encore (*il écoute*); mais non, j'entends du bruit ; (*il écoute*) c'est chez M. Declève.

— (M. DECLÈVE *sort avec Germain de son appartement.*)

GERMAIN.

Vous ne le trouverez pas, Monsieur ; et si cela continue, il perdra la tête.

M. DECLÈVE *avec inquiétude.*

S'il n'est pas au jardin, où est-il donc ?

GERMAIN.

Lorsqu'il est tourmenté la nuit de songes qui l'attristent, il va prier le matin à cette chapelle qui n'est pas très-éloignée de la petite porte du parc.

M. DECLÈVE.

Celle-ci a été pour lui bien pénible, d'après ce que tu dis.

GERMAIN.

Très-pénible, je vous assure. A peine j'avais fermé les yeux que j'ai tout-à-coup été réveillé par des cris terribles !... Eloigne-toi, victime infortunée, ai-je entendu, n'attache pas à mes pas ta vengeance, épargne en moi le peu d'instans qui me restent, j'ai bien assez long-tems expié les maux que j'ai pu te causer..... Le jour a reparu sans qu'il ait fermé la paupière.

M. DECLÈVE.

Tu as bien fait de m'en prévenir, je vais au-devant de lui, et si je ne puis le guérir, chercher au moins à le distraire. (*Il sort.*)

SCÈNE II. — FRONTIN, GERMAIN.

FRONTIN.

Y a-t-il long-tems qu'il est attaqué de visions semblables ?

GERMAIN.

Depuis 15 ans que je le sers , ses nuits n'ont jamais été tranquilles.

FRONTIN.

Quinze ans, dis-tu? Je ne serais pas 15 heures sans chercher une autre livrée.

GERMAIN.

C'est que tu ne connais pas le bonheur que l'on éprouve en soulageant l'humanité, surtout dans la personne de ses maîtres.

FRONTIN.

Chacun calcule à sa manière ; moi je trouve qu'en se sacrifiant ainsi pour les autres, l'on s'use sans avoir connu les jouissances. Vive , vive à mon gré les conditions où , continuellement en fêtes , l'on n'a pour tout travail que d'aller annoncer à la dulcinée de son maître l'heure du rendez-vous. Porteur de bonnes nouvelles, vous êtes toujours bien accueilli, et vous recevez... (*il feint de compter de l'argent*); souvent même quand on est, comme moi , bien fait, joli garçon, l'on vous parle avec un air gracieux, qui peint le désir de vous voir , et l'on finit quelquefois , après avoir servi les autres , par l'être soi-même.

GERMAIN.

Je ne te croyais qu'étourdi , tant soit peu dérangé , mais....

FRONTIN.

Mais.... je veux t'en apprendre , mon aîné ; j'ai besoin un instant dans ce cabinet , et dans quelques minutes je reviens te montrer ton métier.

SCÈNE III.

Les précédens , M. DEFONTANNE , ANGELINA.

M. DEFONTANNE.

Ne me laissez pas ignorer plus long-tems , ma chère demoiselle , le nom de celle de qui je tiens un si éminent service : disposez de moi, je vous supplie.

ANGELINA.

Dans toute autre circonstance , je n'hésiterais pas de me nommer ; mais vous parlez , Monsieur , de reconnaissance , permettez-moi de me taire.

M. DEFONTANNE.

Vous taire !... Vous à qui je dois ma vie ! Je ne ne vous quitte pas , vous ne pouvez vous refuser à ma prière.

ANGELINA.

Secourir son semblable est un devoir , Monsieur ; en recevoir le prix , c'est en détruire tout le mérite , et je ne puis....

M. DEFONTANNE.

Je vous dois trop pour que jamais je consente.....

ANGELINA.

N'insistez pas , je vous prie , Monsieur ; j'ai rempli ma tâche , vous êtes dans votre demeure , entouré de personnes à qui vous êtes cher; je suis trop heureuse d'avoir pu vous être utile. (*Elle le salue.*)

M. DEFONTANNE *se levant.*

Je ne souffrirai jamais...; de grâce... je vous en conjure (*il va pour l'arrêter, elle est bientôt sortie ; il demeure immobile et s'adresse à Frontin, qui sort du cabinet*). Ne perds pas un instant, cours et viens m'apprendre quel est cet être intéressant qui s'est exposé avec tant de générosité pour conserver mes jours. (*Frontin sort en le regardant ironiquement.*)

SCÈNE IV. --- GERMAIN, M. DEFONTANNE.

GERMAIN *avec inquiétude.*

Vous m'effrayez, Monsieur; que vous est-il donc arrivé?

M. DEFONTANNE.

Un verre d'eau; je t'en conjure.

GERMAIN.

Seriez-vous blessé?

M. DEFONTANNE.

Non, mais je me sens si ému que.... (*M. Defontanne soupire.*)
LAFLEUR *court et revient avec un verre. Pendant que M. Desfontanne boit:*
De quel malheur, de quel accident avez vous été sauvé?

M. DEFONTANNE.

Tu vas le savoir. Fatigué de chagrin, l'esprit préoccupé, je marchais
sans rien voir, même sans rien entendre et j'allais être brisé par une voiture
attelée de deux chevaux qui, sans frein et sans guide, couraient à toutes
jambes, si cette jeune personne effrayée du danger qui me menaçait, ne se
fût jetée dans le péril pour me retirer de sur leur passage... Que ne lui dois-
je pas! Mon cher Germain, qu'il me sera doux de la récompenser!...

GERMAIN.

Ah! mon cher maître, que je suis heureux de vous revoir, et que celle
qui vous a sauvé est un être bien recommandable!

M. DEFONTANNE.

Elle m'a montré l'ame et la plus belle et la plus noble.

GERMAIN.

Je regrette bien que Frontin ait été préféré pour suivre ses pas.

M. DEFONATANNE.

Je n'ai préféré que sa jeunesse qui lui permettant de courir avec plus de
célérité, assurait bien plus le bonheur que j'aurai de la revoir. (*Apercevant
Frontin.*) Quoi! sitôt! Eh bien, son nom? sa demeure?

SCÈNE V. --- FRONTIN, M. DEFONTANNE, GERMAIN.

FRONTIN.

Impossible, monsieur, impossible; je ne sais par où elle a passé, si même
elle s'est cachée dans une voiture, mais je n'ai jamais pu découvrir sa trace.

M. DEFONTANNE.

Cela est incroyable, comment se peut-il? Ah! que cela me fait de peine!
je ne te conçois pas, tu n'as pas fait les recherches nécessaires... Que je suis
malheureux!... Va, je n'ai plus de confiance en toi, je ne veux plus te voir.

FRONTIN.

J'ai fait tout ce qui dépendait de moi, demandez plutôt. Au surplus, en
donnant son signalement, il sera facile de la retrouver.

M. DEFONTANNE.

Ah! Germain, tout ce que j'éprouve ne peut se rendre.. Que ma peine est
grande!.. Je regrette bien de ne pas t'avoir chargé de cette commission.

GERMAIN.

J'en suis désespéré; tous ses traits sont là, et quand je devrais remuer tout
Paris, je le ferai, je vous en réponds, et avant peu vous serez satisfait.

M. DEFONTANNE *en sortant.*

Rien ne peut me réussir. (*à Germain.*) Je me recommande à ton zèle, à
tes soins, fais qu'elle n'échappe pas à ma reconnaissance. (*Il sort.*)

SCÈNE VI. — GERMAIN, FRONTIN.

GERMAIN *en revenant de conduire M. Defontanne à la porte, s'occupe à arranger, et dit à Frontin:*

Comment a-t-elle pu disparaître? Je n'ai pas ta jeunesse, mais il me semble que.....

FRONTIN.

J'aurais dû l'attraper, courir après sa voiture, me tuer pour savoir où elle reste. Mais moi je ne me donne pas tant de peine; quand j'ai vu qu'il fallait s'échauffer pour suivre une femme et qu'il n'y avait rien à gagner, j'ai mieux aimé me rafraîchir au cabaret voisin.

GERMAIU.

Quoi, est-il possible!... C'est affreux, il fallait plutôt ne pas t'en charger.

FRONTIN.

Tu ne sais donc pas qu'il faut toujours promettre et avoir l'air d'obéir.

GERMAIN.

Je ne sais que remplir mon devoir.

FRONTIN.

Avec cela tu n'irais pas loin s'il te fallait abuser un tuteur pour favoriser l'amant de sa pupille; faire naître la mésintelligence dans un ménage; rendre inutiles les précautions d'un père qui ose contrôler les dettes de son fils et les plaisirs innocens qu'il goûte dans les bras de ses maîtresses.

GERMAIN.

J'étais loin de te soupçonner tout-à-fait démoralisé. Que je plains le jeune Valère de t'avoir à son service!...

FRONTIN.

Tu devrais plutôt l'en féliciter; je l'instruis, je le forme, et j'emploie son argent comme si c'était le mien.

GERMAIN.

Je te crois sans peine; si tu lui restes, il est perdu.

FRONTIN.

Sans moi il ne serait qu'un sot; je l'avais mis déjà dans un très-bon chemin, je lui avais procuré une femme charmante, qui l'aurait lancé dans les bouillotes, les trente-et-un; d'honnêtes usuriers lui prêtaient de l'or pour faire figure, l'affaire était superbe!.... Tout a manqué.

GERMAIN.

Le ciel a donc eu pitié de lui.

FRONTIN.

Dis plutôt qu'un mauvais génie nous arrêta. Nous volions dans un léger car à ce tête-à-tête, à ce dîner délicieux, et par une fatalité inattendue, la rue où nous devions mettre pied à terre se trouva tout-à-coup fermée, une foule de monde admirait une jeune personne occupée à prodiguer des secours à un vieillard que la fatigue et le besoin accablaient. J'allais malgré tout me faire jour, il s'y opposa, et voulut absolument descendre pour connaître cette nouvelle Antigone qui lui avait tellement dérangé l'esprit qu'il me fit rebrousser chemin. Je pestais d'obéir, mais il n'y a pas eu moyen, il a pris les rênes et en cinq minutes nous étions rentrés.

GERMAIN.

Le voilà donc encore une fois échappé de tes mains.

FRONTIN.

Qu'elle est belle! me disait-il, et que ses traits peignent bien les vertus de son ame! Il a été la voir pour l'admirer, car il n'a pas osé lui dire un mot, il est satisfait de regarder Angelina (*c'est son nom*); (*l'on entend sonner*) mais je compte y mettre ordre, la vertu ne nous produit qu'un triste revenu, j'ai dressé mes batteries de façon que notre débutante sera bientôt civilisée, on cédera la place à notre protégée.

GERMAIN.

Tu as donc juré sa perte ?

FRONTIN.

Tu radotes. Voyez le grand mal, quand il aurait une maîtresse qui lui mangerait quelques milliers de louis ! tout le bien vient de sa mère, et quand l'argent circule, tout le monde y gagne.

GERMAIN.

Je t'admire (*l'on sonne encore*). Sais-tu que c'est la seconde fois que l'on sonne ?
FRONTIN.

Tu ne sais donc pas qu'un bon domestique ne répond jamais qu'à la troisième (*l'on entend sonner avec redoublement*).

GERMAIN *à part, en se retirant.*

J'ai honte d'un tel camarade ; quand l'occasion se présentera....
(*Germain sort ; Frontin rit de son air mécontent.*)

SCÈNE VII. --- VALÈRE, FRONTIN.

VALÈRE *ouvrant sa porte avec impatience, fait reculer Frontin.*
Mais où es-tu donc ? depuis une heure que ma sonnette t'appèle....

FRONTIN.

Votre sonnette, Monsieur, ne savait pas que j'étais chez votre tailleur.

VALÈRE.

Mon tailleur ?

FRONTIN.

J'en arrive à l'instant.

VALÈRE *avec mécontentement.*

Ce n'est pas ce dont je vous avais chargé.

FRONTIN.

J'ai une idée confuse que vous m'aviez envoyé effectivement savoir des nouvelles de cette personne qui demeure au 4.e, peur de l'humidité; mais comme un joli homme comme vous peut mieux choisir, je ne m'en suis point occupé.
VALÈRE.

C'est assez. Un autre saura mieux me comprendre, et avoir pour cet être vertueux tous les égards qui lui sont dûs, et parler surtout avec plus de respect d'une personne que j'aime et que j'honore.

FRONTIN.

Allons, allons, Monsieur, si je vous laissais dans ces idées, vous seriez tout à fait perdu pour le grand monde ; la constance, je vous le répète, sied mal aux jeunes gens, et surtout à un.....

VALÈRE, *lui coupant la parole.*

Point d'observations.

FRONTIN.

Vous en ferez ce que vous voudrez, c'est uniquement pour votre intérêt que je parle ; si vous prenez cette aventure au sérieux, vous n'arriverez pas ; croyez en mon expérience, il ne faut regarder cette liaison que comme un nouvel aliment à vos plaisirs, abandonnez votre timidité. Un peu plus de hardiesse, monsieur.

VALÈRE.

Je ne le puis; son âge, sa franchise, tout me retient; un pouvoir plus que divin me force au respect ; je suis certain que l'homme le plus déterminé fléchirait plutôt le genou devant elle que de lui dérober la moindre faveur.

FRONTIN.

Si quelqu'un vous avait entendu, vous m'auriez fait perdre ma réputation. Quoi ! vous avez Frontin à votre service et vous tenez un pareil discours ! Allons, allons, il faut de toute nécessité que je fasse tomber l'épais bandeau qui couvre vos yeux.

VALÈRE.

Je ne veux rien entendre.

FRONTIN.

De grâce, laisssez-moi vous dire la vérité ; que mes reflexions servent au moins à vous mettre en garde contre les soupirs et le désespoir de nos belles.

VALÈRE.

Tu veux que je te laisse mentir tout à ton aise ; parle, au surplus, j'y consens.

FRONTIN.

Je n'ai jamais, à vous dire vrai, rencontré que des victimes de ce sexe enchanteur dont l'esprit et la dissimulation fait toujours perdre le sentier au chasseur le plus fin et le plus expérimenté ; mais d'un autre côté, j'ai toujours remarqué que les militaires en étaient bien moins dupes.

VALÈRE.

Que veux-tu dire ? Je ne t'entends pas.

FRONTIN.

Je veux dire que lorsqu'ils se trouvaient près d'une belle, ils savaient si bien engager une affaire que le baiser se trouvait pris avant que leur divinité eût eu le tems d'employer la prière, les regards menaçans, y mettre même le moindre obstacle..... Eh ! Morbleu, faites de même.

VALÈRE.

Il n'y a que ceux qui ne croient pas à la vertu d'un sexe qui les possède toutes, qui peuvent agir de la sorte.

FRONTIN *avec ironie.*

Pour moi, Monsieur, j'y crois ; je serais damné, Monsieur, si je n'y croyais pas (*voyant que Valère réfléchit, il le touche*). Vous réfléchissez, Monsieur ; fi donc ! en amour, je vous l'ai déjà dit, il faut commencer par agir, les réflexions ne se font qu'après.

VALÈRE.

Ah ! si tu pouvais me persuader que je serai heureux ! mais....

FRONTIN.

Point de mais, Monsieur, de la témérité et je vous réponds de tout.

VALÈRE *réfléchissant.*

Deux heures.... (*il s'arrête*) ; à cette heure elle est seule, je ferai en sorte..

FRONTIN *achevant.*

De profiter... Vivat, vivat, voilà la raison que doit avoir un homme comme vous, un officier qui approche de sa 20.ᵉ année.

SCÈNE VIII. --- *Les précédens,* M. DECLÈVE.

M. DECLÈVE, *à part, entrant sans être vu.*

Que dit-il ? écoutons...

VALÈRE *ayant aperçu son père* (*bas à Frontin*) :

Tais-toi, voici mon père.

FRONTIN *bas à Valère.*

Ne craignez rien. (*haut*) C'est affreux, à votre âge, de ne pas prendre plus de dissipations, de plaisirs ; quelque jour j'en avertirai ceux à qui vous êtes cher.

M. DECLÈVE *se montrant.*

Tu peux parler ; que diras-tu ?

FRONTIN *avec assurance.*

Je dirai que monsieur votre fils travaille trop, qu'il devrait se dissiper davantage, prendre plus d'exercice, visiter ses amis.

M. DECLÈVE, *regardant avec pénétration Frontin.*

Ah ! (*s'adressant à Valère*) Je ne vous croyais cependant pas trop livré à l'étude.

FRONTIN.

Monsieur n'est pas aussi souvent que moi avec monsieur son fils.

M. DECLÈVE.

Je ne te prie pas de répondre. (*à Valère*) Vous cherchez donc à acquérir des connaissances ?

VALÈRE *avec embarras.*

Cela me serait bien nécessaire.

M. DECLÈVE.

Vous avez l'air un peu rêveur.

FRONTIN.

En ce moment même, Monsieur, nous étudions les moyens de prendre une citadelle.

M. DECLÈVE *avec impatience.*

Est-ce que tu ne m'as pas entendu ? Sors à l'instant.

(*Frontin sort, il ferme la porte, forcé par le regard de M. Declève.*)

SCÈNE IX. --- M. DECLÈVE, VALÈRE.

M. DECLÈVE.

Vous êtes d'âge, Valère, à sentir la nécessité de vous instruire, je ne saurais trop vous le répéter ; la gloire est le but où l'on doit tendre. Le monde est rempli d'écueils ; defiez-vous, croyez moi, des sentiers semés de fleurs, ils ne nous mènent souvent qu'à des précipices affreux. Il ne faut qu'un regard mal placé pour détruire notre réputation.

VALÈRE.

Vos conseils et vos soins sauront m'en garantir, mon père.

M. DECLÈVE.

Il faut à l'homme, je le sais, quelques distractions ; mais prudent dans son choix, il n'en doit user qu'avec réserve ; il doit surtout envisager avec crainte le jeu, cette funeste passion qui conduit presque toujours à la plus déplorable indigence. L'on a peine à croire les scènes effrayantes et cruelles qu'elle a occasionnées.

VALÈRE.

Ah ! Mon père, se peut-il que l'homme soit toujours aux prises avec le vice ? Et pourquoi le ciel a-t-il répandu tant de fléaux pour accabler l'humanité !

M. DECLÈVE, *d'un air sentencieux.*

Celui qui s'arme, mon fils, du bouclier de la sagesse n'est jamais exposé à porter sur son front l'empreinte du déréglement.

Envisagez l'honnête citoyen, il vit heureux ; et une main de justice a tout arrangé pour que du premier échelon jusqu'au dernier, chacun puisse marcher dans le sentier de la vraie félicité.

VALÈRE.

Les écueils me semblent mille fois plus nombreux pour celui qui a de la fortune.

M. DECLÈVE.

Eh ! pourquoi ? Ne voyez-vous pas des gens riches s'activer par différens exercices et occuper fructueusement leur moral, soit d'astronomie, de physique ou de chimie ? D'autres ne trouvent-ils pas dans la musique une délicieuse récréation ? Et la peinture n'a-t-elle pas, pour ceux qui s'en occupent, tant d'attraits et de charmes qu'ils ne voient arriver qu'avec regret l'instant où il faut quitter leur pinceau ?

VALÈRE.

Ah ! oui, mon père, je regarde la peinture comme le présent le plus précieux de la Divinité. M. DECLÈVE.

Les arts, les sciences, mon fils, sont autant d'anges consolateurs dont on ne saurait trop s'environner ; ils peuvent tout faire oublier à l'homme, et ses chagrins et ses souffrances. L'oisiveté seule lui est funeste.

SCÈNE X. --- *Les Précédens*, M. DEFONTANNE.

M. DEFONTANNE *entrant*.

Bonjour, mes amis. (*regardant Valère*) Que tu es heureux ! (*s'adressant à Valère*) Embrasse moi, mon fils. (*à M. Declève*) Je le regarde comme le mien. M. DECLÈVE.

Que d'amitiés vous nous prodiguez ! Je voudrais que la mienne eût assez d'empire sur vous pour vous donner plus de force et de caractère. Je vous cherche de tous côtés. Je suis désespéré d'apprendre que votre imagination aime à se créer des fantômes et que vous faites toujours retomber sur vous ce qui n'est l'ouvrage que de la fatalité.

M. DEFONTANNE.

De grâce, laissons cela, mes amis ; la part que vous prenez à mes maux, loin de les alléger, me les rend plus difficiles à supporter ; je mérite seul d'être puni ; je suis condamné à souffrir et à être privé de toute espèce de contentement, car Germain vient d'arriver encore sans avoir pu trouver cette aimable personne qui s'est résignée si courageusement pour moi.

M. DECLÈVE.

Les renseignemens qu'on lui a donné doivent cependant vous tranquilliser. M. DEFONTANNE.

Je sais trop que l'espérance est loin de la réalité.

M. DECLÈVE.

Ce n'est pas une raison pour la perdre. (*voyant apporter la table pour déjeûner.*) Je ne croyais pas qu'il fût dix heures. M.ᵐᵉ de Bellemont n'est pas pardonnable, elle a fait la partie d'aller voir les tableaux, et pas encore ici ! Pour l'en punir, il faudrait qu'elle nous trouvât à table.

M. DEFONTANNE.

Par rapport à moi, attends encore, je t'en conjure ; je lui rends toute la justice qui lui est due, mais ne voulant jamais contracter d'union, je dois mettre avec elle un peu de retenue.

M. DECLÈVE.

Vous n'y pensez pas, mon ami, ce refus vous enlève une partie de vos biens ! Qu'avez-vous à appréhender ? M.ᵐᵉ de Bellemont est remplie de qualités et ne peut que réussir à dissiper la sombre mélancolie qui empoisonne votre existence. (*à part*) Ah ! qu'il m'en coûte ! Que ce sacrifice est pénible ! Mais je le dois à l'amitié. (*l'on entend quelques coups de fouet.*)

M. DEFONTANNE *le regardant avec bonté*.

Que veux-tu, je ne pourrai jamais me vaincre sur ce point.

VALÈRE, *qui a regardé par la croisée, s'écrie :*
C'est Mme de Bellemont.

SCÈNE XI. --- *Les précédens*, Mme DE BELLEMONT.

Mme DE BELLEMONT.

Je suis vraiment honteuse, mais ce c'est pas ma faute, vous auriez bien fait de ne pas m'attendre.

M. DEFONTANNE.

Ah ! Madame !

M. DECLÈVE.

A la vérité, Madame paraissait nous avoir oublié.

Mme DE BELLEMONT.

J'étais sur les épines de me voir retenue.

M. DECLÈVE.

Puisque vous confessez vos torts, nous allons vous absoudre.

M. DEFONTANNE.

Mettons-nous à table : (*prenant Mme de Bellemont par la main*) je vais vous placer au milieu de nous.

Mme DE BELLEMONT, *reconnaissant Valère, qui s'est avancé pour prendre son schal.*

Bonjour, Monsieur. Deux ans ont suffi pour vous changer au point que je vois en vous un homme accompli.

VALÈRE *en saluant.*

Madame.... (*Il s'incline et prend le schal.*)

Mme DE BELLEMONT.

Attendez-vous quelqu'un ?.. Ce couvert.....

M. DEFONTANNE.

M. *Delarente*, que j'ai rencontré par hasard, m'a demandé, je ne sais pour quel motif, à déjeûner aujourd'hui.

M. DECLÈVE *avec ironie.*

Le sujet est facile à pénétrer, il désirait se rencontrer avec Madame ; (*s'adressant à Mme de Bellemont*) vous avez peut-être bien des regrets de ce qu'il n'est pas auprès de vous.

Mme DE BELLEMONT.

Vous croyez plaisanter ; de bonne foi je m'amuse beaucoup de son air gauche dans les belles manières qu'il veut prendre.

M. DEFONTANNE *offrant.*

Madame veut-elle de ce chocolat ?

Mme DE BELLEMONT.

Je préfère ce thé, son odeur est un parfum.

M. DECLÈVE

Donnez-nous donc quelques nouvelles de M. Delarente ?

Mme DE BELLEMONT.

C'est à vous, Messieurs, d'en parler ; comme il ne jouit pas d'une bonne réputation, ma porte lui a été constamment fermée, et je ne l'ai jamais rencontré que dans cette maison.

M. DEFONTANNE.

Moi, je ne le reçois que comme voisin et non comme ami.

(*Un domestique présente les papiers.*)

M. DECLÈVE, *les recevant, dit :*

Voici les papiers.

Mme DE BELLEMONT.

Il n'y a d'intéressant que l'éloge qu'on fait des ouvrages d'une jeune orpheline peintre qui a, dit-on, autant de beauté et de vertu, que de talent.

VALÈRE *avec passion.*

Elle se nomme *Angelina* ; il est impossible de réunir plus de perfection, de grâces et de mérite.

M. DEFONTANNE.

Tu me parais, mon ami, déjà bien instruit.

VALÈRE.

Je l'ai entendu dire. (*reconnaissant sa faute*) à part : Quelle étourderie !

M. DECLÈVE.

Pourquoi tant de véhémence et de chaleur dans vos expressions ? Vous dénaturez ce que vous dites au point que vous venez de nous donner droit de vous soupçonner d'être l'amant de cette jeune personne.

Mme DE BELLEMONT, *pour le tirer d'embarras.*

Il n'est pas étonnant que ce phénomène occupe la tête de tous nos jeunes gens. Partons, si vous m'en croyez, allons en juger nous-mêmes. Mon schal ?

M. DEFONTANNE.

Vous avez pris trop peu de choses.

Mme DE BELLEMONT.

Il ne m'en faut pas davantage. (*Mme de Bellemont se levant*) Partons, où il faut renoncer à notre projet, la foule serait trop considérable.

M. DEFONTANNE.

Je suis, Madame, à vos ordres.

M. DECLÈVE *avec ironie.*

Eh ! Pourquoi ne pas attendre encore quelques instans ? Nous aurions peut-être monsieur *Delarente.*

Mme DE BELLEMONT.

Raison de plus pour nous sauver ; les chevaux sont à ma voiture, montons. (*Voyant que M. Declève s'échappe, elle lui dit :*) Où allez vous ?

M. DECLÈVE.

Je vous suis dans le cabriolet de mon fils.

Mme DE BELLEMONT.

Je ne suis point votre dupe ; j'ai trois places de fond, le chevalier sera sur le devant. Je ne vous quitte point, vous iriez me chercher M. Delarente.

FRONTIN *bas à Valère.*

N'oubliez pas que le bonheur vous attend, et il vous sera facile de vous débarrasser d'eux.   (*Ils sortent tous.*)

Fin du premier Acte.

ACTE II.

SCÈNE PREMIÈRE.

FRONTIN , *chargé des habits de son maître, en les mettant sur une chaise regarde la pendule et dit :*

Il est près de deux heures et pas encore ici ! Il est si novice !.. un rien peut l'intimider... S'il en avait instruit son père ? Que je suis bête ! A quoi cela le mènerait-il ? (*il étale l'uniforme*) C'est joli un uniforme ; j'aurais assez aimé être officier, si ce n'eût pas été un métier à vous conduire dans l'autre monde. (*mettant le casque*) Qu'un casque a de grâce ! Il vous donne un air martial, la blancheur de ce panache se voit de loin. (*Il sort l'épée et dit :*) Ça pique. (*Il la sent et dit :*) Elle n'a encore tué personne. (*Il croît entendre du bruit, il remet tout en place*) J'ai cru qu'il arrivait. (*il écoute*) Je ne me suis pas trompé , c'est bien lui.

SCÈNE II. --- VALÈRE , FRONTIN.

FRONTIN.
Je ne vous ferai pas compliment de votre promptitude.

VALÈRE.
Ah ! ne m'en parle pas. Mon père..., sa morale...

FRONTIN *l'interrompant.*
Eh! que diable allez-vous vous occuper de morale; il fallait plutôt songer que de la jolie bouche de celle que vous aimez doit s'échapper des mots qui vont décider de votre bonheur.

VALÈRE.
Je t'avoue que la crainte s'était tout-à-fait emparée de moi , mais quand j'ai entendu tout le monde faire tant d'éloge de mon Angelina je me suis jeté dans la foule et me voici.

FRONTIN.
Dieu ! quel effort ! et que de précautions il vous a fallu pour faire ce pas en avant! Une seconde fois, j'espère, vous serez plus décidé.. Habit bas, dépêchons, et qu'une marche accélérée vous fasse réparer le tems perdu.(*pendant que Valère boutonne son uniforme*) Votre uniforme est charmant. (*lui montrant son casque*) Vous n'oublierez pas, j'espère, de le mettre aux pieds de votre belle. (*pendant qu'il met son épée*) Vous êtes maintenant à merveille : vous feriez extravaguer les plus jolies femmes de Paris. Mais qu'avez-vous ?

VALÈRE.
Plus le moment approche et plus je l'appréhende.

FRONTIN.
Avec un pareil habit, l'on ne doit jamais manquer de courage.

VALÈRE.
Ni d'honneur.... Ah ! si tu avais entendu mon père !...

FRONTIN.
Bah! Bah! Je sais par cœur toutes les belles paroles des pères. Il sont tous les mêmes ; ils prêchent tout ce que dans leur jeunesse ils se donnaient bien de garde de suivre. Au surplus, que peut-on vous reprocher? Est-ce un mal d'aller voir celle que l'on aime ?...

VALÈRE *l'interrompant.*
Dis, que j'idolâtre !.....

FRONTIN.
Encore mieux. Dans un tête-à-tête, vous la pressez de se rendre : c'est bien naturel. Elle résiste : c'est d'usage. Vous brusquez la déclaration : n'est-ce pas dans l'ordre ? et une réflexion , un sermon de votre père vous arrête!... Restez, restez, Monsieur; un autre sera moins scrupuleux. N'en parlons plus.

VALÈRE *avec fureur.*
Que dis-tu? Un autre serait assez,....

FRONTIN *lui coupant la parole.*
Belle question ! Ne faudra-t-il pas, tôt ou tard , qu'il s'en trouve un plus

alerte, et conséquemment plus heureux ? Restez, restez, vous dis-je.

VALÈRE *avec emportement.*

Ah ! j'aimerais mieux qu'on m'arrachât la vie. (*Il marche à grands pas en s'arrangeant.*)

FRONTIN *avec malice.*

(*A part*) Le voilà pourtant qui s'échauffe. (*haut*) Pourquoi tant vous presser. J'aimerais bien mieux, à votre place, aller entendre les leçons de mon père.

VALÈRE *avec rage.*

Mon casque, te dis-je.

(*Frontin le prend, le lui présente, et Valère le lui arrache, l'enfonce sur sa tête et part.*)

SCÈNE III. --- FRONTIN *seul, riant.*

Je l'ai, j'espère, assez bien stimulé. (*Il regarde par la croisée*) Déjà si loin ! Il a ma foi la marche d'un Français qui va au feu. Le voilà enfin tout-à-fait décidé. Nous verrons comment notre belle s'en retirera. (*Apercevant M. Declève et M. Defontanne*) Ciel ! que vois-je ? M. Defontanne et M. Declève à pied ! Qui les ramène sitôt ? Serions-nous vendus ? Que faire ? Quittons vîte la place. (*Il ramasse tout et va pour sortir*). Ciel ! je suis pris. Le petit escalier est fermé. Que faire!.. Payons d'effronterie. (*Il se place pour cacher le paquet d'habits.*)

SCÈNE IV.

Le précedent, M. DECLÈVE et M. DEFONTANNE.

M. DECLÈVE *à Frontin.*

Que fais-tu ici ? où est ton maître ?

FRONTIN.

Mon maître, Monsieur, ne m'a pas donné ordre de le suivre.

M. DECLÈVE.

Si tu me dis un mensonge, je te chasse.

M. DEFONTANNE *avec douceur.*

Valère n'est-il pas rentré ?

FRONTIN, *intimidé par M. Declève, est obligé de répondre.*

A l'instant même.

M. DEFONTANNE.

Tu sais conséquemment où il est allé, et surtout la cause de son air préoccupé.

FRONTIN *affectant de la bonhomie.*

Peut-être le travail.....

M. DECLÈVE *avec dureté.*

Tu éludes, pour ne pas dire la vérité.

FRONTIN.

Il a dû vous instruire.

M. DECLÈVE *avec impatience.*

Ce n'est pas là répondre, te dis-je ; prends garde à toi. (*il voit le paquet*) Pourquoi ce paquet ? FRONTIN.

Monsieur...

M. DECLÈVE *levant sa canne.*

Parleras-tu ?

FRONTIN.

Ce sont les habits de mon maître, qui vient de mettre son uniforme.

M. DEFONTANNE *avec inquiétude.*

Son uniforme ! Et pourquoi? Aurait-il quelque rendez-vous?.. une affaire d'honneur ?

FRONTIN *à part.*

Oui, c'est bien cela.... Une affaire d'honneur.

M. DECLÈVE *très-irrité.*

Tu n'entends pas ce que cela veut dire ?

FRONTIN *se redressant.*

Je m'en suis mêlé quelquefois. Croyez-vous, Monsieur, que je laisserais monsieur votre fils s'aller faire couper la gorge sans l'accompagner. (*A part*) De loin, s'entend.

M. DECLÈVE *toujours irrité.*

Retire-toi : j'en sais assez. Je me ferai rendre compte de ta conduite. (*Il le suit avec des yeux menaçans. S'adressant à M. Defontanne*) Me voilà du moins plus tranquille : il ne s'agit, je crois, que de quelque amourette, qu'il me sera facile de rompre.

M. DEFONTANNE.

Ne néglige rien, si tu m'en crois, la plus faible liaison peut quelquefois devenir un nœud fatal à ton repos et au bonheur de ton fils.

M. DECLÈVE.

Je suis certainement bien loin d'approuver Valère, mais je ne dois pas mettre trop d'importance à des folies de jeunesse.

M. DEFONTANNE.

Je suis étonné de ne point te trouver plus rigide, quand tu as sous les yeux le sort affreux qui pèse sur ton ami !...

M. DECLÈVE.

J'en conviens ; mais c'est un reproche que l'on a droit de vous faire tous les jours : un établissement avantageux nous force à nous séparer de quelqu'un qui nous est cher ; mais quand nous avons rempli à son égard tout ce que la délicatesse, la générosité peut inspirer, nous ne devons pas nous regarder responsables de ce que, par une folie, un malheur inouï, notre amie disparaît, sans qu'on puisse la retrouver. C'est l'ouvrage de la fatalité et non le nôtre. Il en est peu, je vous assure, qui pour une pareille cause aurait renoncé à tout projet d'engagement.

M. DEFONTANNE.

Tu ne serais pas, mon ami, aussi indulgent pour toi ; et si je te faisais pénétrer plus avant !....... Tu inventes mille moyens pour m'absoudre, me tranquilliser ; mais c'est en vain : ma conscience est là qui me juge. (*Il tire une lettre de son porte-feuille*) Prends cette lettre, achève de me connaître : heureux si elle te sert pour fermer à ton fils un sentier où je n'ai trouvé que peines et tourmens !....

(*M. Defontanne sort en mettant la main sur ses yeux.*)

SCÈNE VII. --- M. DECLÈVE *seul.*

M. DECLÈVE *reste un moment interdit, et dit avec émotion :*
Que veut-il dire ? (*Il ouvre le papier. Il s'arrête... Il lit*)
« Barbare !.. tu es venu m'arracher de ma chaumière pour me désho-
» norer et faire périr de honte les êtres de qui je tenais l'existence. Je suis
» punie de t'avoir aimé, de t'avoir suivi, d'avoir cru tes promesses et tes ser-

» mens. Je vais mourir ta victime. Rien ne peut t'excuser à mes yeux, et
» quand tu rentreras en toi-même, tu m'y trouveras pour t'accuser. J'ai
» fui loin de toi, sous un nom supposé. J'ai voulu que tu ignorasses où je
» déposerais le fruit de ton parjure. Je l'aime mieux couvert de lambeaux
» que déshonoré. Je veux qu'il ignore que tu fus son père. Si malgré mes
» prières et mes vœux, le ciel permet qu'il te soit rendu, je l'implore sur
» la pierre qui va couvrir ma tombe, pour que ce ne soit qu'après avoir
» empoisonné les beaux jours de ta vie de remords déchirans ».

(*Il tombe immobile sur un fauteuil. Levant en suite les mains au ciel.*)

Que d'âme ! que de courage et de fierté ! Ah, Fontanne ! Ah, mon ami !
que je vous plains ! Sans vous elle eût été sage ; sans vous elle eût été
l'honneur et le soutien de son indigente et respectable famille !... Je ne puis
me dissimuler vos torts ; mais je sens aussi tous les chagrins de votre cœur
sensible. (*D'un ton sentencieux.*)

Venez, venez, perfide jeunesse, qui mettez votre triomphe à abuser,
par vos sermens, celles qui se confient à votre foi. Venez contempler
l'existence de ce malheureux vieillard, abreuvé d'amertume, et qui périt
rongé de remords et de chagrin !....

O Valère ! ô mon fils, seul soutien de ma vieillesse ! lis, lis cet écrit ;
qu'il t'ouvre les yeux et te ramène au sentier de la vertu !... Déjà ma main
paternelle voudrait t'avoir armé de ce bouclier. Qui m'arrête ?... O prudence, divinité si favorable aux mortels, que tes rayons m'éclairent !.. (*Il
hésite*) Non, Valère ne me verra pas. Il faut qu'il soit seul en lisant cette
lettre. Livrons-le à sa raison : je ne peux qu'en espérer un effet salutaire.
Ecrivons (*Il se met près d'une table*).

« Vous m'avez demandé, mon fils, la cause de l'état déplorable où vous
voyez M. Defontanne. Lisez : vous frémirez. J'en ai pâli d'effroi. (*Il cachète
le tout et sonne.*)

SCÈNE VI. — M. DECLÈVE, RENÉ.

M. DECLÈVE.

Où est Germain ?

RENÉ.

Auprès de M. Defontanne.

M. DECLÈVE.

Valère, n'est pas encore rentré ?

RENÉ.

Non, Monsieur.

M. DECLÈVE *en soupirant.*

Personne ne sait où il est ?

RENÉ.

Frontin qui le sert, sait tout. C'est lui qui.....

M. DECLÈVE *avec désir de savoir.*

Eh bien !

RENÉ.

Je crains, si je parle, de vous faire de la peine.

M. DECLÈVE.

C'est me rendre service : je te regarde déjà comme digne de ma confiance.

RENÉ.

Aussi bien, Monsieur, depuis long-tems je l'ai sur le cœur. Je suis las
de voir M. votre fils dupé par Frontin qui l'empêche de vous écouter,
et qui cherche à le corrompre. C'est assez vous en dire.

M. Declève.

J'étais déjà instruit de cette vérité : je loue ton zèle et saurai t'en récompenser.

René.

Je n'ai fait que mon devoir. Germain attend la première occasion pour vous en prévenir.

M. Declève

Tu viens de mériter que je te charge d'une mission importante. Veille, et aussitôt que mon fils rentrera, tu lui remettras ce papier, et reviendras de suite m'en avertir.

SCÈNE VI.

René , *seul.*

L'on fait toujours bien mieux d'être honnête homme. M. de Clève ne se serait pas servi de moi, s'il m'avait cru un mauvais sujet. Frontin mérite au surplus le sort qui l'attend, puisqu'il ne cherche qu'à tromper ses maîtres. (*Il va pour sortir. Frontin l'arrête au passage*)

SCÈNE VII. — Frontin , René.

Frontin.

Je viens d'apercevoir M. de Clève sur le grand escalier. Il sortait de cette salle un peu préoccupé , et je suis rentré pour savoir avec qui il était.

René.

C'est à moi qu'il parlait.

Frontin , *fixant la lettre que tient René.*

A toi ? Et que te disait-il donc ?

René.

Ce qu'il voulait.

Frontin.

Te voilà bien fier !,.. T'aurait-il remis cette lettre , par hasard

René *avec un signe dit* oui , *sans parler.*

Frontin.

Me voilà , en ce cas, bien à propos. Donne : elle est pour mon maître.

René *dit* non , *par un signe de tête.*

Frontin.

Cela me paraît fort !... Est-ce que tu plaisantes ?

René *dit* non , *par un signe de tête.*

Frontin *en s'avançant pour la lui prendre.*

Je vais te faire voir....

SCÈNE VIII.—*Les précédens* , Germain.

Germain *arrivant, les sépare.*

De quoi s'agit-il donc ?

Frontin.

Vois un peu cet imbécille , qui ne veut pas me remettre la lettre que M. de Clève vient de lui donner pour mon maître, comme si cela le regardait. N'est-ce pas mon ouvrage ....?

RENÉ.

C'est le mien, quand on m'en charge, et j'y cours.

GERMAIN *en arrêtant Frontin qui veut courir sur René :*

Il a raison ; qu'as-tu à répondre ?

FRONTIN.

Que vous m'ennuyez tous, et que j'enverrai bientôt les maîtres et les valets à tous les diables, et me déciderai à faire cadeau de ma personne à une jolie enfant qui depuis long-tems me fait les yeux doux.

GERMAIN.

C'est un cadeau qui ne l'enrichira pas.

FRONTIN.

Tu crois ? Regarde ce poing, ce bras, cette large carrure. Voilà de quoi gagner cinquante mille livres de rentes. Il y en a bien qui n'ont pas eu une dot aussi solide et qui s'en sont contentés.

GERMAIN.

La force n'est rien ; c'est la conduite et le travail qui donnent la richesse. Je plains celle qui sera dupe de ton bavardage.

FRONTIN.

Pas si à plaindre que tu le crois. Je sais les moyens de lui faire faire fortune. Je lui louerai un magasin. Qui est celui qui en apercevant, à travers la gaze légère qui couvrira les vitraux, des traits charmans, n'aura point envie d'admirer de plus près ? (*Regardant Germain qui hausse les épaules*) Tu né crois pas cela ? C'est cependant ce que nous voyons tous les jours. Je stylerai si bien ma petite Minette qu'elle fera valoir sa taille souple et voluptueuse ; que son joli bras présentera à chacun ce qu'il désire ; que sa bouche de rose, qu'ornent des perles, en dira le prix ; que ses beaux yeux engageront à payer sans marchander. Le bénéfice, comme tu le vois, sera incalculable, et je pourrai, comme tant d'autres, mettre pour enseigne : *A la Corne d'Abondance.* Adieu. (*Il sort*)

GERMAIN *seul, quand il s'en va.*

Ce que je crois, c'est que tu finiras comme tu as commencé. (*Quand il est sorti*) Tu fais bien au surplus de prendre ton parti ; car je compte m'arranger de façon que dans peu ton affaire sera faite. (*On entend beaucoup de bruit et de fracas*).

Quel tapage ! (*Il regarde*) J'aurais dû m'en douter. Ce financier mène plus grand train qu'un homme de condition. Je ne sais ; mais je ne puis m'empêcher de soupçonner dans ses visites quelque but mal intentionné. (*On entend monter*) Si je pouvais pénétrer ses intentions.....

SCÈNE X. --- GERMAIN, M. DELARENTE.

M. DELARENTE *entrant.*

Ma foi, je n'ai pas pu arriver plus tôt. (*Regardant Germain*) Une affaire qui me produit plus de 5o p.^r cent peut servir, j'espère, d'excuse à mon retard.

GERMAIN *avec mépris.*

Ne craignez-vous pas d'être la honte de la fortune en ruinant ainsi un malheureux ?

M. DELARENTE.

Il y en a tant qui le sont !... C'est un de plus, voilà tout. Tout le monde est donc sorti ?

GERMAIN.

Leur projet était de se faire conduire au Muséum. Mais je viens d'apprendre, indirectement, que M. de Clève était déjà revenu. Je vais....

M. DELARENTE.

Ne le dérange pas encore; il faut que je cause avec mon homme d'affaires, qui m'attend, dit-on, depuis long-tems. Fais-le venir.

GERMAIN *à part en s'en allant.*

Causer avec son homme d'affaires !... Il faut chercher le moyen de tout entendre.

SCÈNE XI.

M. DELARENTE *seul.*

C'était pour aller au Muséum qu'on s'était réuni !.. Que je suis heureux d'en être échappé ! Je ne me sens pas la force de cligner si long-tems l'œil (*il fait des grimaces*), et de passer plus de tems devant un tableau que je n'en mets à voir toute la galerie. Je rends bien justice aux riches bordures; mais m'extasier sur des peintures !.. j'ai le goût plus solide. C'est comme ceux qui vont au jardin du Roi admirer de petites pierres, de petites coquilles que je ne voudrais pas prendre la peine de ramasser. Quel plaisir peuvent-ils éprouver ? Si, comme moi, ils allaient voir Martin monter dans son arbre, à la bonne heure, c'est amusant : l'on rit plus que dans une bibliothèque. J'ai eu le malheur d'y entrer une seule fois, et ce sera bien la dernière. Le silence qui règne dans ce vaste lieu ressemble à celui des tombeaux ; les habitans vous y font peur. Ils ont des figures pâles, des airs sérieux, ils remuent les lèvres, sans regarder : on pourrait dire qu'ils causent avec des morts.

SCÈNE XII. — *Le précédent*, M. DÉTOUR, GERMAIN.

GERMAIN *entrant.*

Voici M. Détour (*pendant que M. Delarente et M. Détour se saluent, Germain entre dans un cabinet*).

M. DELARENTE.

Ne m'en veux pas, je ne pouvais arriver plus tôt. (*Il regarde s'il ne voit personne, et dit à mi-voix :*) Eh bien ! as-tu été rue de la Harpe ? As-tu vu la petite ? Pendant que nous sommes seuls, dis-moi tout.

M. DÉTOUR *à mi-voix.*

J'ai des choses d'une bien plus grande importance à vous communiquer. J'ai trouvé moyen de connaître toutes les particularités de cette maison, et d'être au fait de ce qui existe entre M. de Fontanne et Mme de Bellemont.

M. DELARENTE.

La petite, que t'a-t-elle répondu ?

M. DÉTOUR.

Il n'y faut plus penser, et vous occuper de ce que j'ai à vous dire.

M. DELARENTE *impatient.*

Je sais tout cela.

M. DÉTOUR.

Vous savez qu'un parent a légué, par un testament en bonne forme, à M. de Fontanne et à Mme de Bellemont ce magnifique hôtel, et plusieurs domaines considérables.

M. Delarente.

Oui, oui, et que la volonté du testateur est qu'ils s'unissent ensemble ; que celle des parties qui s'y refusera perdra tous ses droits à la succession.

M. Détour.

Savez-vous aussi que l'on soupçonne M. de Clève de chercher à faire renoncer M. de Fontanne à toutes ses prétentions pour rendre Mme de Bellemont unique héritière ?

M. Delarente *lui coupant la parole*.

Oui, oui, je le sais. Il veut même l'épouser. Apprends que je ne viens dans cette maison que pour jouer mon rôle, que pour y trouver Mme de Bellemont, et enfin supplanter M. de Clève, espérant bien que lorsque je parlerai, l'usage que j'ai du grand monde, le train que je mène, et mon physique, m'assureront complète réussite.

M. Détour.

A la bonne heure. L'affaire en vaut la peine. Pour peu que vous parliez, vous aurez bientôt la préférence. M. de Clève n'a d'autre fortune que celle de son fils.

M. Delarente.

Que cela ne t'empêche pas de me donner des nouvelles de ma petite. Tu dois voir que dans tout ceci Madame de Bellemont n'est qu'un objet de spéculation, et qu'Angelina est celle que je veux aimer.

Germain *caché*.

Quoi ! ce traître voudrait séduire Angelina, cette jeune artiste ?

M. Détour.

Il faut y renoncer, vous dis-je. La petite personne est très-bien élevée, et ses sentimens la mettent au-dessus de votre or et de vos riches appartemens.

M. Delarente.

Imbécille ! Est-ce que jamais l'or se refuse ? Tu t'y seras mal pris. Quelqu'un pouvait l'entendre : son billet ne devait te servir que d'un prétexte. Il fallait ménager son amour-propre. J'irai moi-même. Je suis sûr de la décider. Quinze cents francs ne se trouvent pas facilement. Au surplus, si elle résiste, j'aurai du monde pour applanir cette difficulté.

Germain *caché*.

J'empêcherai qu'elle ne soit la proie de ce brigand.

M. Détour.

Je lui ai accordé jusqu'à demain. Elle n'est que la caution. Elle peut, à l'aide de ses tableaux....

M. Delarente.

Pour moi je ne lui accorde d'autre délai que celui qu'il faut pour céder à mes désirs. Plus elle se trouvera dans l'embarras, plus j'aurai de facilité pour la vaincre.

Germain *caché*.

Je sais sa demeure et tu me trouveras pour la défendre.

M. Détour.

Je vous le dis et je vous le répète, vos tentatives seront inutiles.

M. Delarente.

Tu ne connais pas les femmes. Elles ont toujours une arrière-pensée. Elle me sais riche, elle me tient la dragée haute. Ses prétentions vont peut-être jusqu'à me faire faire un contrat de mariage.

M. Détour.

J'entends du bruit : l'on vient, je me retire. Où vous trouverai-je ?

M. DELARENTE.

Le tems que je vais passer ici pourrait me mener plus loin que je ne voudrais. Le rendez-vous sera à mon hôtel.

(M. Détour sort au moment où entre M.ᵐᵉ de Bellemont.)

SCÈNE XIII.

M. *Delarente* M.ᵐᵉ DE BELLEMONT, RENÉ.

M.ᵐᵉ DE BELLEMONT *entrant avec René.*

Tu m'avais dit que ces Messieurs étaient dans cette salle.

RENÉ.

Je le pensais, Madame.

(Germain saisissant pour sortir le moment où M. Delarente s'avance pour saluer Madame de Bellemont, paraît devant elle.)

M.ᵐᵉ DE BELLEMONT *à Germain.*

Sais-tu où est M. Declève ? Cette lettre l'intéresse.

GERMAIN.

Je le crois, Madame, dans l'appartement de M. Defontanne.

M.ᵐᵉ DE BELLEMONT.

Je m'y rends. (*A M. Delarente*) Pardon, Monsieur.

M. DELARENTE.

Un instant, de grâce. Je ne suis venu que pour vous voir, et ce que j'ai à vous dire vous intéresse plus que toutes les lettres que vous pouvez avoir.

M.ᵐᵉ DE BELLEMONT.

Je suis extrêmement pressée....

M. DELARENTE.

C'est de la plus grande importance....

M.ᵐᵉ DE BELLEMONT *à part.*

Que me veut cet original ? (*Haut à Germain*) Vas prévenir M. Declève que je suis ici. J'ai quelque chose à lui communiquer de très-important.

GERMAIN *bas à Mad. De Bellemont, pendant que M. Delarente lui approche un siége.*

Ne le croyez en rien, Madame. C'est un monstre, un vil scélérat. *(Germain sort.)*

SCÈNE XIV. — M.ᵐᵉ DE BELLEMONT, M. DELARENTE.

M. DELARENTE *donnant le siége.*

Sans cette heureux tête-à-tête, j'allais vous écrire que votre intérêt et le mien nécessitaient une entrevue.

M.ᵐᵉ DE BELLEMONT.

Vos intérêts et les miens ? Ne vous trompez-vous pas ? Qui peut me mettre en rapport avec vous, Monsieur?

M. DELARENTE.

Quand je vous aurai mis au fait, vous en serez moins étonnée.

M.ᵐᵉ DE BELLEMONT.

Parlez : de quoi s'agit-il ?

M. DELARENTE.

Je ne désire, pour le moment, que d'obtenir un entretien chez vous.

M.ᵐᵉ DE BELLEMONT.

Chez moi ! Et pourquoi ce retard, puisque nous sommes seuls ?

M. DELARENTE.

Dans ce lieu on peut nous entendre. Ce serait exposer nos mutuels secrets.

Mme DE BELLEMONT *à part.*

Je vois que c'est une déclaration. (*Haut*) Nos mutuels secrets ? M. Delarente, vous piquez ma curiosité. Parlez : personne n'écoute. Vous savez que le tems perdu ne se retrouve jamais. Parlez, ou je me retire.

M. DELARENTE.

Vous avez raison. Je me rends. (*Après avoir regardé de tous côtés*). Il faut, comme vous le dites, profiter de l'occasion. Il est certain que si je tardais plus long-tems, je perdrais trop d'instans de bonheur. Je n'hésite donc plus à vous avouer que je vous aime et à vous offrir ma main et ma fortune.

Mme DE BELLEMONT *à part.*

Je l'aurais parié. (*Haut*) Savez-vous bien, M. Delarente, que vous me rendez un peu confuse par un aveu aussi.....

M. DELARENTE *lui coupant la parole.*

Flatteur, n'est-il pas vrai ?

Mme DE BELLEMONT *à part.*

Le sot ! (*Haut.*) Je puis dire prompt.

M. DELARENTE.

Dites, dites flatteur. J'étais sûr qu'il vous serait agréable. Eh bien ! le plan que j'ai conçu vous le sera bien plus encore, quand vous en connaîtrez tous les avantages.

Mme DE BELLEMONT *à part.*

Que cet imbécille est vain. Sachons ce qu'il projète. (*Haut*) Vous voulez donc me conduire de surprise en surprise. Parlez. Je vous écoute.

M. DELARENTE *à part.*

Je n'espérais pas réussir aussi bien. (*Haut*) Maintenant que tout nous devient commun, je ne dois rien vous laisser ignorer. J'ai jugé depuis long-tems que votre union avec M. Defontanne ne pouvait avoir lieu, et j'ai trouvé le moyen de vous rendre seule héritière, et de plus, libre de disposer de votre main.

Mme DE BELLEMONT *avec inquiétude.*

Comment cela ?

M. DELARENTE.

En suivant mes conseils.

Mme DE BELLEMONT *impatiente.*

Dites donc vîte : dites donc. Je ne conçois pas.

M. DELARENTE.

Laissant à M. Declève l'espoir de s'unir à vous, vous pouvez être sûre qu'il agira si bien sur l'esprit de son ami, M. Defontanne, qu'il le décidera au célibat, et à vous abandonner tous les biens énoncés dans votre compromis. Il faut qu'il n'ait aucun soupçon que nous sommes d'accord.

Mme DE BELLEMONT *répète avec malice.*

Que nous sommes d'accord ? Pour celui-là, je l'en défierais bien. Mais. après.

M. DELARENTE.

Vous ne devinez pas ?

Mme DE BELLEMONT *avec ironie.*

Je ne vous comprends pas.

M. DELARENTE.

Quand M. Declève aura fait signer M. Defontanne, nous l'éconduirons.

Mme DE BELLEMONT *avec dédain.*

J'y suis maintenant ; et c'est vous qui prendrez sa place ?

M. DELARENTE.

A merveille ! Vous êtes charmante. (*Il va pour lui baiser la main, elle se retourne*).

Mme DE BELLEMONT.

Ce plan est fort beau, et digne vraiment de celui qui l'a conçu. Mais croyez-vous qu'il n'y aura pas quelques difficultés ? J'en trouve beaucoup.

M. DELARENTE.

Pas la moindre. Je m'en charge. (*On entend du bruit pendant qu'il regarde*).

Mme DE BELLEMONT *à part.*

Que cet homme est vil ! Qu'il est méchant ! Je voudrais bien le punir de son audace.

SCÈNE XV. --- *Les précédens*, GERMAIN.

GERMAIN entrant, à Mme de Bellemont.

M. de Clève est chez M. de Fontanne, et je crois que votre présence y est nécessaire.

Mme DE BELLEMONT.

J'y cours. (*Elle va pour sortir*):

M. DELARENTE *à demi-voix.*

Allez leur tendre vos filets. J'irai vous voir pour en rire.

Mme DE BELLEMONT *se retirant sans le saluer.*

Je n'y suis jamais.

M. DELARENTE, *regardant Germain comme étant la cause de ce que Mad. de Bellemont refuse de le recevoir, se rapproche d'elle pour lui dire :*

Je vous entends.

Mme DE BELLEMONT *lui répond en se retirant, avec mépris :*

Mais vous ne me comprenez pas.

(*Germain sépare M. Delarente de Mad. de Bellemont. M. Delarente, mécontent, veut lever sa canne. Germain au moment où il s'avance lui ferme la porte sur le nez.*)

M. DELARENTE.

Que veut dire cela ? Je ne la comprend pas. J'ai cru lui trouver un certain air de moquerie. Si je ne lui avais pas promis ma main, je ne saurais qu'en penser. La prudence, à la vérité, exigeait qu'elle se cachât soigneusement de ce vieux valet qui fait le maître ; mais il me semble aussi qu'elle aurait pu me ménager davantage. (*Il regarde sa montre.*) Il est tems d'aller rejoindre notre S^r. *Détour*, et prendre avec lui des précautions pour que la belle Angelina ne puisse pas échapper. (*Il sort.*)

Fin du second Acte.

ACTE III.

SCÈNE PREMIÈRE. — GERMAIN, RENÉ.

GERMAIN seul.

Il m'est définitivement impossible de trouver les vingt louis qui complètent mes quinze cents francs. J'ai sondé toutes les bourses. J'ai trouvé ouvertes celles où il n'y avait rien, et fermées celles que l'on aurait pu m'ouvrir : c'est l'usage. Il ne me reste que peu de tems pour ne point troubler encore mon maître en l'entretenant d'une infortunée. Il me faut avoir recours à M. Declève.

RENÉ *en entrant entend M. Declève et dit à Germain :*
Sais-tu où il est M. Declève ? M. son fils vient d'arriver.

GERMAIN.
Je le crois chez M. Defontanne et j'attends qu'il en sorte.

RENÉ.
Il en était bien loin, quand Mad. de Bellemont y est entrée. Je le cherche pour lui dire que M. Valère me suit ; qu'il a sa figure plus blanche, que mon linge ; que ses yeux m'ont paru égarés, et sa marche incertaine... (*On entend marcher.*) Il vient de ce côté ; je sors par celui-ci.

GERMAIN *seul.*
Et moi je veux voir à quel degré ce mauvais sujet de Frontin gouverne son maître. Ah ! si les parens savaient combien il leur importe de choisir ceux qu'ils placent auprès de leurs enfans !

SCÈNE II. --- VALÈRE, FRONTIN, GERMAIN.

VALÈRE *entrant mal tenu, l'œil hagard, la lettre de M. Defontanne à la main, dit à Frontin qui l'intercéde :*
Te pardonner, te revoir encore ? Fuis, fuis pour jamais de ma présence.

FRONTIN *après quelques pauses.*
Revenez à vous, calmez votre emportement : quelqu'un peut vous entendre.

VALÈRE *avec fureur.*
Que je revienne à moi, scélérat ? Plus j'y reviendrai, et plus je reconnaîtrai le précipice affreux où tes pernicieux conseils m'ont jeté. Fuis, te dis-je ! C'est l'enfer qui t'a vomi pour le malheur des familles.

FRONTIN *cherchant à l'adoucir.*
Ne m'en voulez pas, mon chère maître, par grâce, par pitié....

VALÈRE *la main à son épée.*
De la pitié pour toi ? (*Germain l'arrêtant*) Non..., laisse-moi purger la société d'un être aussi pervers.

GERMAIN *à Frontin.*
Retirez-vous ; vous l'irritez davantage.

VALÈRE.
Qu'on le paie, et qu'on le chasse à l'instant de chez moi.

GERMAIN *à Frontin qui veut s'approcher.*
Sortez, puisqu'on vous l'ordonne. (*Il sort en les envoyant promener.*)

SCÈNE III. --- VALÈRE, GERMAIN.

GERMAIN *plaçant Valère dans un fauteuil.*
Reposez-vous un moment : vous êtes irrité. Prenez quelques calmans, vous en avez besoin. Je vais vous chercher....

VALÈRE *l'arrêtant.*
Je te remercie, bon Germain : je ne veux rien.

GERMAIN.
Cela vous rendra les forces : vous me paraissez trop accablé. (*A part*) Je n'ose le questionner.

VALÈRE.

Je me sens déjà soulagé de ne plus avoir ce scélérat devant mes yeux.
Ah ! que de regrets le ciel m'eût épargnés, s'il eût voulu que tu fusses
à mon service ! (*Lui frappant sur la main.*) Laisse-moi : je suis pénétré,
mon brave homme, de toutes tes prévenances. J'ai besoin d'être seul.

GERMAIN.

Je ne puis vous quitter.

VALÈRE.

Je t'en prie.

GERMAIN.

J'obéis. (*A part*) courons chercher M. Declève.

SCÈNE IV. — VALÈRE, M. DECLÈVE.

VALÈRE *seul.*

Me voilà donc réduit au plus affreux désespoir ! Voudra-t-elle me pardonner ? Non : jamais, jamais, ah Dieu ! je ne pourrai supporter cette
séparation. Toi qui m'attachais à la vie, céleste créature ! qui occupais
toutes mes pensées, qui excitais le battement de mon cœur, prends pitié
du remord déchirant qui m'accable ! Ah ! belle Angelina, puisqu'il faut que
je meurs, que je n'emporte pas ta juste haine, (*M. Declève arrive sans être
vu, et entend qu'il dit :*) et que ta sensibilité se réveille à mon dernier
soupir, pour m'absoudre de mon forfait.

M. DECLÈVE.

Ciel ! qu'entends-je ? (*S'avançant vers Valère*) Qu'avez-vous dit ?
Qu'avez-vous fait ? De quel crime, malheureux, vous êtes vous rendu
coupable ?

VALÈRE.

Ah ! mon père, je tombe à vos pieds!..

M. DECLÈVE *le brusquant.*

Parlez, répondez? D'où provient le désordre dans lequel je vous trouve ?

VALÈRE.

Je vais vous le dire à genoux. Je ne pourrai jamais vous le cacher.

M. DECLÈVE *à part.*

Ciel ! que vais-je apprendre ? (*Haut, en faisant relever Valère*) Vous
me faites frémir : d'où venez-vous ?

VALÈRE.

De chez Angelina, où je me suis introduit pour exécuter le projet le
plus odieux, le plus abominable.

M. DECLÈVE *le repoussant.*

Puissance divine ! De quelle horreur a-t-il souillé ma mémoire et mon
nom !...

VALÈRE.

Je suis indigne de vivre. O mon père ! j'ai été sourd à ses cris, et j'ai
tout fait pour la déshonorer, en me déshonorant moi-même.

M. DECLÈVE *se reculant d'horreur.*

Se peut-il que j'aie donné le jour à un barbare aussi dénaturé ? Et la
terre ne l'engloutit pas ! Voilà donc l'affront que vous réserviez à mes
cheveux blancs !...

VALÈRE *le suivant à genoux*

Je l'avoue, mon père, j'ai mérité tous ces reproches ; mais de grâce,
avant que j'expire, recevez l'aveu de mon crime.

M. Declève *désespéré.*

Retirez-vous , monstre impitoyable.

Valère *toujours suppliant.*

Je vais mourir , mon père. Il faut que vous connaissiez mon ignominieuse conduite. J'ai eu la témérité d'oser pénétrer dans son appartement, dans le moment où je la savais seule ; d'attaquer sa modestie comme le plus grand libertin. Je n'ai pas craint d'employer la violence. En vain lançait-elle sur moi des regards terribles et menaçans : rien ne pouvait m'arrêter. Le crime couvrait mes yeux d'un voile obscur. Tous ses efforts pour s'éloigner furent inutiles ; elle ne put échapper à mon aveugle fureur. Elle allait en être la triste victime , quand tout-à-coup la prière qu'elle adressait à l'Éternel fut exaucée. Un pouvoir plus que divin l'arracha de mes bras.

M. Declève *frappant sur une table avec indignation.*

O Dieu de mes pères, que sans cesse j'implore ! Quoi ! ma tombe n'est pas fermée sur moi !... Il me faut entendre ce récit plein d'horreurs !...

Valère *continuant.*

Ah ! mon père , un délire condamnable s'était emparé de mes sens. Homme vil et sans ame , me dit-elle , peux-tu dégrader ainsi l'habit que tu portes, par une lâcheté aussi insigne ? Avance , infâme, si tu l'oses. Arme ton bras , viens me combattre : voici mon défenseur. Regarde mon père.... (*Valère dans ce moment prend les gestes qu'avait Angelina*) Les forces aussitôt lui manquèrent , elle tomba à mes pieds , n'ayant à m'opposer qu'un portrait pour bouclier contre mon infâme audace.

M. Declève *lui arrachant son épée , s'apprête à l'en frapper.*

Achève , malheureux , publie ton crime , publie ton déshonneur. C'est ton arrêt de mort que tu vas prononcer.

Valère *avec sensibilité.*

Non , non , mon père , j'ai frémi de son état déplorable. Des larmes amères ont coulé de mes yeux quand je l'ai vu sans forces. J'ai reconnu mes torts et mon aveuglement, j'en ai rougi ; j'en ressens une profonde douleur qui m'accable , et je n'y pourrai survivre.

M. Declève *en se rasseyant jette au loin son épée.*

Fuyez de mes yeux : je ne puis vous envisager.

Valère *aux genoux de son père.*

Ne rejettez pas de votre sein votre fils infortuné. Que les pleurs qui inondent son visage (*il met la main sur ses yeux*) vous peignent son repentir. O mon père , ne soyez pas inflexible ! J'ai rappelé à la vie la plus belle , la plus vertueuse des femmes , et je ne l'ai quittée qu'après l'avoir convaincue que je ne pourrai jamais me pardonner une aussi grande faute , et que j'en mourrai désespéré.

M. Declève.

Allez , allez , vous n'êtes plus mon fils. L'affreuse position où vous avez réduit cette estimable personne , peut lui coûter la vie. Retirez-vous , Dieu saura vous punir , si vous échappez à la justice des hommes.

Valère.

Angelina ! que viens-je d'entendre ? Moi votre bourreau ? Ah ! mon père , ce fer hâterait mon trépas , en m'en punissant à vos yeux. (*Valère s'approchant de son père*) Songez que je l'adore ; que nulle autre ne pourra la remplacer dans mon cœur. Je lui dois un nouveau sentiment, une nouvelle vie , le bonheur d'aimer, que je ne connaissais pas. (*Posant la main sur son cœur.* Elle est là , mon père , et pour toujours.

M. Declève.

Je ne veux point vous entendre. La démence a détruit votre raison, elle vous fait oublier ce que que vous êtes, et la distance qui vous sépare de cette infortunée aggrave encore plus votre faute.

Valère.

Ah ! mon père, ne désespérez pas votre fils. Accablé de regrets, dévoré de chagrins, ne le livrez pas au plus cruel désespoir. Sans cesse je me la représente à mes pieds, tenant le portrait de son père qui vient me reprocher mon crime....

M. Declève.

Sortez, et dans votre appartement allez calmer vos esprits. Je vous ordonne les arrêts.

Valère *à genoux*.

Non : jamais, jamais je ne pourrai.... Ah ! mon père, n'exigez pas que je vous obéisse.

M. Declève.

C'est ma volonté, vous dis-je, il faut la suivre, ou pour toujours vous séparer de moi.

Valère *se jetant à ses genoux, d'une voix affaiblie*.

Je vous fais mes derniers adieux ! Mon père, vous demandez ma mort en prononçant cette séparation. Je l'ai bien méritée, je m'y résigne ; mais, pour dernière grâce, que j'apprenne au moins, en quittant la vie, que vous avez vu Angelina, qu'elle respire et qu'elle est sauvée.

M. Declève *en cachant sa sensibilité*.

Si votre attentat ne me le recommandait, l'humanité m'en ferait un devoir. Sortez, et ne reparaissez que par mon ordre. (*Valère saisit la main de son père, et la baise malgré lui*)

SCÈNE V. —— M. Declève, Mme DE BELLEMONT.

M. Declève *seul, tombant sur un fauteuil*.

Que t'ai-je fait, ô ciel ! pour m'accabler du poids de ta colère ? Tu détruis en un instant mes plus chères espérances. (*Il se lève et marche*) Hélas ! je ne sais plus où j'en suis. Il me semble que je me trouve dans un labyrinthe de malheurs, ne connaissant point de chemins pour en sortir. (*Il réfléchit*)

Mme De Bellemont *entrant avec vivacité*.

Je vous trouve enfin. Vous êtes vraiment charmant. On vient me dire que vous êtes chez M. Defontanne ; j'y cours sans perdre une minute, une seconde, et vous êtes sorti ! On vous cherche, on vous appèle ; personne. (*Elle s'arrête, le fixe*) Mais, qu'avez-vous ? (*M. Declève ne répond pas*) Qui a pu causer en si peu de tems cette altération dans tous vos traits ?

M. Declève.

Valère.

Mme De Bellemont.

Valère ! Et c'est-là ce qui vous bouleverse ? j'étais loin de me douter qu'un enfant ait pu vous mettre dans cet état. Vous n'y pensez pas : non, non, vous ne réfléchissez pas.

M. Declève.

Je ne réfléchis que trop ; et c'est-là ce qui me jette dans une aussi grande inquiétude.

Mme De Bellemont.

Voilà bien les pères ! Leurs fils commettent-ils une étourderie, une folie de jeunesse, tout est perdu ; et leur existence est pour toujours empoisonnée !...

M. DECLÈVE.

Vous ne dites rien de trop. Ma position est des plus tristes et des plus accablantes. Apprenez que Valère s'est livré à des excès qui sont de nature à en regarder les suites comme pouvant devenir très-funestes. Il faut un miracle pour le retirer de ce fatale égarement.

Mme DE BELLEMONT.

Ne me trompez-vous pas ? Ne vous trompez-vous pas vous-même ?

M. DECLÈVE.

Je ne pourrais vous instruire de sa conduite sans en avoir honte.

Mme DE BELLEMONT *avec étonnement.*

Serait-il possible que Valère, ce fils si doux, si aimable, dont les mœurs répondaient à vos principes, se soit oublié à ce point ? Non, non, je ne puis le croire. Quelque fantôme vous aveugle.

M. DECLÈVE.

Il s'est conduit, puisqu'il faut vous le dire, comme les hommes les plus dépravés de son siècle.

Mme DE BELLEMONT.

S'il en est ainsi, loin de vous laisser abattre, il faut montrer du caractère. Vous ne devez pas ignorer que la jeunesse est naturellement égarée par les passions, qu'il faut quelquefois de la sévérité pour la faire rentrer dans ses devoirs.

M. DECLÈVE.

Je n'en ai pas besoin. Je connais Valère : il est assez puni d'avoir à rougir des excès honteux auxquels il s'est livré.

Mme DE BELLEMONT.

Le mal alors n'est pas aussi grand que vous le faites.

M. DECLÈVE.

Ce sont les suites. Quand vous saurez que celle qu'il faut arracher de son cœur est belle, remplie de charmes, de talens, de vertus, mais sans....

Mme DE BELLEMONT *ne lui donnant pas le tems d'achever,*

Sans fortune ni naissance. C'est l'ordinaire.

M. DECLÈVE.

Bien pis, encore !..

Mme DE BELLEMONT *avec compassion.*

Orpheline, peut-être ? Et c'est probablement cette jeune artiste dont il nous a parlé avec tant de chaleur et d'intérêt.

M. DECLÈVE.

Elle lui trouble à un tel point l'esprit, que sa vie n'est plus rien sans elle. Quel parti prendre ?

Mme DE BELLEMONT.

Ces sortes de blessures se guérissent quelquefois d'elles-mêmes. Il ne faut y toucher qu'avec prudence pour ne point échauffer son l'imagination. Le tems est le meilleur conseil, il peut endormir ses peines.

M. DECLÈVE.

J'étais loin de m'attendre à d'aussi pénibles chagrins !

Mme DE BELLEMONT.

Vous devez, ce me semble, envisager cet événement avec plus de sang-froid. Qu'y a-t-il de si surprenant qu'un jeune homme perde la tête pour une personne aussi accomplie ? Est-ce un philosophe comme vous que cela doit étonner ? Allons, allons, les choses iront peut-être mieux que vous ne pensez. Lisez cette lettre ; ce qu'elle m'annonce m'a jeté dans des réflexions....

M. DECLÈVE.

Que voulez-vous dire ?

Mme DE BELLEMONT.

Lisez, lisez, vous dis-je....

M. DECLÈVE ouvrant la lettre, lit :

« MADAME,

» Si je n'avais pas été si indisposé, j'aurais été chez vous. L'affaire pour
» laquelle je désire vous voir me paraît assez importante pour n'y point
» apporter de retard. Il s'agit du portrait de M. Defontanne, que votre
» amitié pour lui doit vous faire désirer de retrouver. Je l'ai vu entre les
» mains d'un conducteur de diligences, qui le reportait à une personne
» que le curé de Neuilly avait conduit à la voiture, où elle avait pris
» place ».

Mme DE BELLEMONT.

Devinez-vous comment cela se peut.

M. DECLÈVE avec émotion.

Je reste stupéfait ! Je n'en connais qu'un, c'est celui qui a été fait pour celle qu'il a tant aimée. Grand Dieu ! je n'ose me livrer aux idées de bonheur que cette nouvelle peut nous présager....

Mme DE BELLEMONT.

Cette découverte est toujours très-importante, puisqu'elle peut nous conduire sur les traces de celle que M. Defontanne pleure et fait chercher infructueusement depuis si long-tems.

M. DECLÈVE.

Ah ! que dites-vous ? Qu'il me serait doux de voir le cœur de mon ami guéri d'une blessure aussi profonde.

Mme DE BELLEMONT.

Et moi, pouvoir transiger avec M. Defontanne me mettrait au comble de la joie. Pensez-vous que lui-même ne soupçonne pas que toutes mes intentions, mes prévenances, ont un autre but ? Il lui est aisé d'apprécier toutes mes actions. Je ne sais point feindre. Il peut facilement voir que mes pensées et mon cœur son entièrement à un autre. Il n'y a que vous, Monsieur, qui ne vous en aperceviez pas.

M. DECLÈVE avec émotion.

Moi, Madame, je n'ai jamais osé penser que.....

Mme DE BELLEMONT.

Et moi, Monsieur, si vous n'avez pas osé le penser, j'ose vous le dire.

M. DECLÈVE.

Ah ! Madame, de grâce, ne m'accablez pas. Réfléchissez, je vous en conjure, au sort heureux qui vous attend. Envisagez le mérite de M. de Fontanne, et n'abusez pas de tout le pouvoir que vous avez sur moi, pour me faire oublier que j'ai toujours été, et que je ne dois point cesser d'être l'ami sincère de M. de Fontanne, et me priver de vous voir.

Mme DE BELLEMONT.

Je ne vous en parlerai plus, puisque vous l'exigez. (A part) Je sais ce qu'il me reste à faire.

M. DECLÈVE.

Sortons. Si vous m'en croyez, cette lettre est assez importante pour nous en occuper. (Ils vont pour sortir)

SCÈNE VI. — *Les Précédens*, GERMAIN.

GERMAIN *accourant.*

Que je suis heureux de vous rencontrer, depuis si long-tems que je vous cherche !

M. DE CLÈVE *lui coupant la parole.*

Qu'est-il encore arrivé ?

GERMAIN *montrant son or.*

Il me manque 20 louis pour sauver une infortunée ; j'ai recours à vous.

M. DECLÈVE.

Tu as raison, voilà ma bourse.

Mme DE BELLEMONT.

Prends la mienne : elle pourra te servir au besoin.

GERMAIN *s'inclinant devant eux.*

Je dois vous dire....

Mme DE BELLEMONT.

D'un homme tel que toi, il n'en faut pas demander davantage.

M. DECLÈVE.

Tout m'inquiète aujourd'hui.... Pardonnez, je vous prie.... Parles.

GERMAIN.

Apprenez que, caché dans ce cabinet, j'ai entendu votre infâme M. Delarente former l'horrible projet d'épouvanter, par tous les fléaux de la chicane, Mlle Angelina, et de l'enlever, s'il ne peut la séduire.

Mme DE BELLEMONT.

Angelina, dis-tu, si connue par ses talens, est poursuivie par ce monstre !

GERMAIN.

J'ai tout entendu. Un billet de 1,500 fr., dont il est porteur, pour lequel Mlle Angelina s'est rendue caution, lui fournit le droit de la persécuter et je vole à son secours.

M. DECLÈVE *l'arrêtant.*

Tu es de ces serviteurs estimables que l'on rencontre rarement. Garde pour toi ma bourse ; c'est un présent que je fais à ta générosité. Donne-moi la main : voilà celui que je fais à ta vertu. Je te laisse tout le mérite de cette bonne action : je te demande la permission de l'exécuter. (*Germain veut rendre la bourse à Mme de Bellemont*)

Mme DE BELLEMONT *à Germain.*

Je te la donne. Tu sais trop bien employer l'or pour te le reprendre. (*A M. Declève*) Vous voyez qu'il ne faut désespérer de rien. Le ciel semble venir exprès à votre secours, en vous présentant l'occasion favorable de rendre service à une personne dont les principes et les sentimens sont déjà pour vous d'un favorable augure.

M. DECLÈVE.

Je vais tout mettre en usage pour mériter sa confiance et son estime. (*A Germain*) Toi, veille sur ce lâche : fais observer toutes ses démarches, et viens, quand il en sera tems, nous avertir pour arrêter ses complots.

GERMAIN.

Je ne l'ai point perdu de vue, et René, que j'ai aposté, m'a fait déjà prévenir que deux de ses affidés l'attendaient dans le cabaret du coin.

M. DECLÈVE.

En ce cas, il n'y a pas de tems à perdre. Sortons et avertissons notre ami d'aller voir Valère, dont l'état m'inquiète.

GERMAIN.

Vous ne m'en voudrez pas : j'ai été obligé de l'instruire que M. votre fils refusait toute espèce de nourriture. Il est venu le voir, l'a consolé, et a pris sur lui de le rendre à lui-même.

M. DECLÈVE.

Je voulais l'en prier, persuadé qu'il ne l'aurait fait qu'après lui avoir donné des avis justes et sincères, bien capables de le ramener à la raison. (*Ils sortent*).

Fin du troisième Acte.

ACTE IV.

SCÈNE PREMIÈRE. — ANGELINA , Mme MASSEAU.

ANGELINA *seule à son chevalet.*

Un trouble involontaire bouleverse mes idées; ma main tremble et ne peut guider mon pinceau : je ne vois partout que celui que je devrais éviter, et je ne le puis!..(*Elle s'arrête, soupire*) L'éviter!.. Eh ! pourquoi ? Quand il m'a vue sans force à ses pieds , ne m'a-t-il pas respectée ? Les larmes du repentir le plus sincère ne mouillaient-elles pas ses yeux ? Mais que dis-je ? dans l'état où je suis, le bandeau de l'amour ne m'aveugle-t-il pas ? et mon indulgence ne me rend-elle pas sa complice ? Ah ! Valère , qu'avez-vous fait ! Je dois m'éloigner de vous : cette résolution , je le sens, est au-dessus de mes forces. Puisse ma raison venir à mon secours !

Mme MASSEAU *lui apportant une lettre.*

Le commissionnaire attend la réponse.

ANGELINA.

Qui m'écrit ?... Faites attendre. (*Mme Masseau sort*).

ANGELINA *ouvrant et voyant la signature.*

Valère !... O ciel ! Que me voulez-vous ? Lisons :

« Belle Angelina , je tremble en prononçant votre nom. Ma faute , je
» le sais , est impardonnable : elle est toujours devant mes yeux. Ah !
» par grâce, ne m'abandonnez pas. J'ai le cœur déchiré : je ne puis me
» représenter sans effroi l'horrible situation où je vous ai réduite. Qu'un
» criminel est malheureux ! Ma chère Angelina, soyez aussi généreuse que
» belle. Ne soyez pas aussi cruelle que celui de qui je tiens le jour. Il veut
» ma mort en me séparant de vous , en me forçant à rejoindre. Ah ! par
» pitié , ne me laissez pas quitter la vie sans m'avoir rendu votre estime
» et votre amitié ».

ANGELINA , *mettant la main sur ses yeux.*

Que je suis malheureuse ! Ah ! Valère , dois-je, hélas ! vous répondre ? Pauvre abandonnée ! Qui m'aidera de ses conseils ? Je n'ai que mon cœur pour guide , et il ne peut vous résister. Malgré moi ma raison succombe , je vais vous écrire. (*Elle écrit*)

« Soyez heureux , Valère , c'est le plus grand de mes désirs. Il n'est plus
» pour moi de bonheur. Je ne retrouverai jamais le calme de mon ima-
» gination. J'ai supporté avec courage les jours pénibles de ma tendre
» jeunesse, mais j'étais loin de m'attendre que des chagrins bien plus
» cuisans encore m'étaient réservés. Je vous ai vu, Valère ! L'heure fatale
» a sonné ! Vous avez troublé mon repos. Je me vois pour toujours con-

» damnée à pleurer. N'abusez pas de cet aveu. Ayez assez de courage
» pour fuir une infortunée , et ne lui cachez pas, sous un voile trompeur ,
» la distance immense qui vous sépare d'elle... ».

(Elle sonne et cachète sa lettre : Mme Masseau vient la recevoir et sort).

Que devenir , Hélas ! *(Elle met son mouchoir sur ses yeux)* Je voudrais l'éloigner de ma pensée , et je ne puis pas même vaincre le désir
que j'ai de le revoir. Ah ! ma mère , ma mère , je n'ai plus que votre ombre
pour me soutenir. *(Elle pleure)* Mon courage m'abandonne. Fuyez-moi,
Valère , par grâce , fuyez-moi.

SCÈNE II. — ANGELINA , VALÈRE.

VALÈRE arrivant en baisant sa lettre , entend : fuyez-moi....

Que je vous fuie ? *(Se jetant à ses genoux)* Moi , belle Angelina , quand
mes regrets , mon désespoir ont pu fléchir votre ame généreuse !. Oh ! que
vous m'êtes chère ! Que mon repentir est sincère ! Plus je vous vois , et
plus je vous jure d'être à vous.

ANGELINA.

Que dites-vous , Valère ? Que dites-vous ?

VALÈRE.

La vérité. Je dis ce qui est dans mon cœur , ce que le ciel lui-même
y a profondément gravé. Ah ! de grâce , donnez-moi votre main et recevez
mes sermens.

ANGELINA.

Ah ! Valère , songez que ce n'est qu'aux pieds des autels que je dois vous
entendre , que votre père ne peut y consentir , et que vos assiduités pour-
raient m'attirer sa disgrâce , et me rendre peut-être la victime de l'amour
que vous m'avez inspiré. Abandonnez-moi au sort des infortunés sans parens , et rentrez dans le sein de votre respectable famille.

VALÈRE.

Que je vous abandonne ! Que le ciel m'anéantisse , me foudroie plutôt
que d'en avoir jamais la pensée. Je ne veux vivre que pour vous.

ANGELINA.

Vous n'êtes point libre , Valère. Un fils bien né ne peut s'affranchir de
l'autorité paternelle.

VALÈRE.

Il n'est plus mon père. Il s'oppose à notre union, il s'oppose à mon
bonheur.

ANGELINA.

Vous vous oubliez, Valère ; songez qu'on ne peut le blâmer. Il veut
vous éviter les regrets de vous être uni à une femme sans fortune. Il vous
veut une épouse qui , par sa naissance et ses richesses , soit digne de vous.
Puisse-t-elle , hélas ! vous donner un cœur aussi sensible que le mien !.

VALÈRE.

Ah ! ma chère Angelina, songez à mon amour ; je ne puis vous entendre
parler de la sorte. Fuyons, fuyons ensemble , et jurons-nous d'être à jamais
l'un à l'autre. Mon bien peut nous suffire : je suis majeur. Partons.

ANGELINA.

Que me proposez-vous , Valère ? Moi j'irais contre l'aveu de votre père !
Non , non , jamais. Pour vous-même je ne dois point vous exposer à la
malédiction paternelle. Adieu.

VALÈRE *la retenant.*

Je ne vous écoute pas. Je serai à vous malgré tous les miens, malgré vous-même, malgré l'univers... Je ne pourrais survivre à notre séparation : ma mort serait votre ouvrage, je regarderais mes parens comme mes plus cruels ennemis. Leur existence, qui fait mon bonheur, me deviendrait....

ANGÉLINA.

Arrêtez, Valère ! que dites-vous ? La passion vous aveugle ; je vois que plus je suis avec vous, plus vous vous égarez. Il faut nous séparer. La raison, mon devoir et votre bonheur l'exigent. Il le faut.... Adieu. Plaignez-moi, puisque je vous aime.

VALÈRE *à genoux, lui baisant la main.*

Se peut-il ? Vous me quittez ? Pouvez-vous être assez cruelle ?...

ANGÉLINA, *son mouchoir sur les yeux.*

Adieu. Ne me suivez pas ; respectez mon malheur : c'est la seule grâce que j'exige de vous. (*Elle entre dans un cabinet*)

SCÈNE III. --- VALÈRE.

VALÈRE *seul.*

Non, non, plutôt mourir dans les tourmens les plus affreux. Père injuste, inhumain, que vous ai-je fait, pour être la cause de mon désespoir ? Je ne me connais plus. Je ne suis plus votre fils : séparons-nous. Mes droits sont acquis. Je veux. ..(*Il s'arrête et sort désespéré*)

SCÈNE VI. --- Mme MASSEAU.

Mme MASSEAU *rentrant et regardant Valère sortir.*

Ils s'aiment, je le vois, et des empêchemens................ Chacun, au surplus, a ses contrariétés : que de tracas n'ai-je pas eu aujourd'hui ! Quelle jeunesse y eût résisté ? Mais j'ai été sage, et j'ai conservé mes forces, (*se regardant dans la glace*) même ma fraîcheur. On ne me donnerait pas mon âge. Il faudra que je prie notre Demoiselle de faire mon portrait ; mon véritable...... J'en vois cependant tous les jours qui n'en voudraient pas. Qu'ils me font rire ! Je me retiens pour ne pas éclater. C'est une rouge qui veut des cheveux blonds ; une autre dont la peau est brune, qui la veut blanche comme un satin ; d'autres qui, pour qu'on leur fasse de grands yeux, les ouvrent à faire peur ; et d'autres enfin qui se resserrent les lèvres pour avoir une petite bouche. On ne se figure pas combien notre pauvre Demoiselle est encore obligée de prendre de ménagemens pour les engager à ne point changer de visage. Mais j'oublie de l'avertir que je viens de voir quelqu'un comme en sentinelle devant notre porte.

(*Elle frappe à la porte du cabinet où est entrée Angelina.*)
Mademoiselle, Mademoiselle.

SCÈNE V. --- *La précédente,* ANGÉLINA.

ANGÉLINA.

Que me veux-tu ?

Mme MASSEAU.

Je ne sais. Mais j'ai comme un pressentiment que le porteur du billet, qui nous a montré des intentions si mauvaises, va venir.

(34)

ANGELINA.

Qui peut te le faire soupçonner?

Mme MASSEAU.

De vilaines figures, qui font peur, qui se promènent devant cette maison.

ANGELINA.

Hélas! que veux-tu? Je ne sais que faire. (*A part.*) Mon cœur et ma raison sont troublés. (*Haut.*) Je vais me tenir enfermée dans ce cabinet.

Mme MASSEAU.

Ne craignez vous pas que votre absence ne le mette en colère? En vous voyant, il peut s'adoucir. Je tremble pour tout ce qui vous reste. J'ai tant vu d'honnêtes gens ruinés par ces griffonnages de papier que vous ne lisez pas, que....

ANGELINA.

Depuis l'entretien que j'ai eu avec son envoyé, je dois tout sacrifier pour éviter sa présence. Tu lui diras que je vais faire prévenir mon protecteur, et qu'il sera remboursé demain au plus tard, comme je lui ai dit.

(*On entend frapper.*)

Mme MASSEAU.

Qu'est-ce? Il n'y a personne. (*à Angelina*) Sauvez-vous. (*Angelina s'enferme.*)

___

SCÈNE VI. — Mme MASSEAU, M. DELARENTE.

M. DELARENTE *en dehors.*

Ouvrez, ouvrez, vous dis-je.

Mme MASSEAU *ouvrant.*

Je suis seule, que désirez vous?

M. DELARENTE *entre.*

Dites à mon monde de m'attendre dans l'autre pièce. (*Mme Masseau sort.*)

___

SCÈNE VII. — M. DELARENTE.

M. DELARENTE *seul.*

Personne..., c'est bien vite dit, heureusement que mes espions m'ont prévenu du contraire. (*En disant cela, il se trouve près d'une table sur laquelle est l'encrier et du papier.*) On vient d'écrire. (*Il examine toutes les plumes.*) Il n'y a pas de doute. (*Écoutant.*) Mais, j'entends du bruit...; c'est dans ce cabinet. (*Il s'approche, regarde par la serrure*)

___

SCÈNE VIII. — *Le précédent*, Mme MASSEAU.

Mme MASSEAU *le surprend et dit à part :*

C'est notre homme... (*Haut*) Êtes-vous satisfait? Vous n'avez pas voulu me croire. Est-ce pour les faire peindre, que vous avez amené avec vous ces trois vilaines figures?

M. DELARENTE.

Ce sont mes domestiques.

Mme MASSEAU.

Vos domestiques font peur.

M. DELARENTE *avec un signe de méchanceté.*

Qu'ils me servent bien, c'est tout ce qu'il me faut. Au surplus, je vais leur dire de ne point vous gêner. (*Il sort sur le pas de la porte et appelle.*)

M. *de la Griffe*, M. *Dusac*, arrivez. (*Bas, en leur parlant.*) On est enfermé. Je crains d'avoir besoin des grands moyens. Soyez attentifs au signal.

Mme MASSEAU *à part, faisant des signes.*

M. *de la Griffe*, M. *Dusac* !... ces noms-là sentent le fripon.

M. DELARENTE.

Que dites-vous ?

Mme MASSEAU.

Je dis, que je ne dis rien, seulement qu'il est inutile de prendre tant de précautions pour le peu de tems qu'ils doivent vous attendre.

M. DELARENTE.

Que savez-vous ? Le désir de rencontrer la belle Angelina peut me faire rester plus de tems que vous ne pensez.

Mme MASSEAU.

S'il en est ainsi, vous n'êtes pas au bout, vous courez risque de nous rester jusqu'à ce soir, peut-être jusqu'à demain. Qui sait quand Mademoiselle reviendra de chez le Pasteur ?

M. DELARENTE *s'asseyant.*

Reposons-nous toujours. (*A part.*) La vieille sait par cœur son catéchisme..... (*A madame Masseau*) Mme Masseau ?

Mme MASSEAU.

Monsieur.

M. DELARENTE.

Allez prévenir votre aimable maîtresse que je désire lui dire quelque chose en particulier.

Mme MASSEAU.

Vous m'amusez de vos contes ; où voulez-vous me faire aller ?

M. DELARENTE.

Dans ce cabinet. Je vous l'ordonne.

Mme MASSEAU.

Dans ce cabinet ? Vous croyez que je ne vois pas bien que c'est parce qu'il vous est dû de l'argent, que vous me commandez en maître ? Je suis chargée de vous dire, de la part de Mad.^lle, que vous serez payé avant le délai que vous avez accordé.

M. DELARENTE.

Je n'ai point accordé de délai. Je ne fais et ne prends d'engagemens qu'avec la belle Angelina : cela est décidé, arrêté... Entendez-vous, ma bonne vieille ? allez le lui dire.

Mme MASSEAU *à demi-voix et avec mécontentement.*

Bonne vieille ! bonne vieille ! voyez un peu cette fraîcheur de soixante ans.

M. DELARENTE.

Qu'est-ce que vous marmottez toute seule ?

Mme MASSEAU.

Je dis que si j'allais chez vous, ce ne serait pas pour vous dire des sottises.

M. DELARENTE *à part.*

Ne nous mettons pas mal avec elle. (*Haut.*) Tenez, voilà pour vous... (*Il met sa main à sa poche*) je veux que nous soyons amis. Placez-vous là, et causons.

Mme MASSEAU.

Il y a, Dieu me pardonne, assez long-tems que je cause, que vous me retenez et que je ne fais pas mon ouvrage.

M. DELARENTE *s'approchant pour lui donner des louis.*

Gagner d'une façon ou d'une autre, c'est toujours gagner. (*A son oreille*)

Et si vous voulez me mettre au fait des allures de cette maison... (*Il lui montre un rouleau dans l'autre main.*)

Mme MASSEAU.

Gardez, gardez votre or, Monsieur : je vous le volerais. Apprenez que chez nous il n'y a ni allures, ni secret. Les portes sont ouvertes à tous les honnêtes gens, et chacun peut connaître ce qui s'y fait. Si c'est pour cela que vous restez, vous perdez votre tems.

M. DELARENTE *voulant la forcer de prendre ses louis.*

Allons, allons : à quoi bon faire tant de cérémonie ? Est-ce que cela se refuse ?

Mme MASSEAU *les remettant sur la table.*

Moi, je les refuse. Je ne suis pas plus intéressée que ma maîtresse.

M. DELARENTE *cherchant à se faire entendre.*

On m'avait cependant dit qu'elle était ennuyée des jeunes gens, qu'elle voyait bien qu'ils ne lui laisseraient que des fariboles pour revenu, et qu'elle préférait la connaissance d'un homme riche tel que moi, avec lequel elle n'aurait rien à désirer.

Mme MASSEAU *avec colère.*

Vous seul, oui, vous seul, Monsieur, avez pu inventer de pareils propos. Personne n'oserait se permettre d'attaquer la réputation de ma maîtresse. Elle jouit de l'estime générale, et n'a d'autres connaissances que les malheureux qu'elle peut soulager.

M. DELARENTE *à part.*

Ses réponses me désespèrent. Je le vois trop, mes richesses ne la séduiront pas. J'ai parlé assez haut pour qu'elle m'ait entendu.... C'est décidé : elle ne se montrera pas. Que faire ? (*Il réfléchit.*)

Mme MASSEAU.

Vous êtes renfoncé en vous-même, comme quelqu'un qui conspire.

M. DELARENTE *réfléchissant.*

Je forme un plan que vous approuverez. (*A part.*) Que risqué-je au surplus, en feignant de vouloir l'épouser ? Je peux réussir à la faire tomber dans le piège : c'est tout ce qu'il me faut. Alors, en flattant son amour-propre, en lui faisant mille protestations, je m'empare de son esprit.... je donne le signal...; fouette cocher, à ma petite maison.

Mme MASSEAU.

Si votre plan était louable, vous ne parleriez pas si bas.

M. DELARENTE.

La joie que je vais causer à votre Demoiselle vous fera regretter ce que vous venez de dire. Apprenez que je ne viens ici que pour faire son bonheur.

Mme MASSEAU.

Se pourrait-il ? Mais non, je ne puis le croire. Vous me trompez, on dit qu'il ne faut pas se fier à vous.

M. DELARENTE.

Ce sont des propos que tiennent des gens grossiers qui n'aiment pas les riches.

Mme MASSEAU.

En ce cas, parlez, parlez. Je ne demande pas mieux que de vous entendre.

M. DELARENTE *à part, faisant signe qu'il veut être entendu du cabinet,*
dit très-haut :

Eh bien ! apprenez, et vous pouvez dire à mes gens d'aller le publier dans tout le voisinage, que M. Delarente, puissamment riche, vient exprès pour épouser votre maîtresse.

Mme MASSEAU.

Se peut-il, grand Dieu ! Que dites vous ? quel bonheur !

M. DELARENTE *voyant que cette nouvelle a fait rémuer Angelina dans le cabinet, dit encore plus haut :*

Vous pouvez l'aller publier partout.

Mme MASSEAU.

J'y cours.

SCÈNE IX. — *Les précédens*, ANGELINA.

ANGELINA *paraissant.*

Et moi, je vous le défends. (*A M. Delarente*,) J'ai tout entendu, Monsieur, vous m'avez forcé de paraître pour arrêter votre indiscrétion. L'obligation que je vous ai du délai que vous m'avez accordé ne doit point vous autoriser à agir ainsi sans mon aveu.

M. DELARENTE.

Et pourquoi pas ? mon parti est pris, vous êtes à moi, puisque je consens à vous épouser. Dès aujourd'hui, vous pouvez choisir l'hôtel qui vous conviendra, le faire meubler selon vos goûts, prendre un train de maison, un équipage qui puisse se faire remarquer par sa richesse et son élégance.

Mme MASSEAU *à part.*

Il ne m'a point trompée, C'est bon, je suis contente. Ne les gênons pas.

(*Elle sort.*)

SCÈNE X. --- ANGELINA, M. DELARENTE.

ANGELINA.

Je suis bien aise de vous dire, Monsieur, que jamais l'intérêt ne déterminera mon choix.

M. DELARENTE.

Je veux bien vous croire, ma chère amie, mais vous ne pouvez disconvenir que l'argent est ce qui tient meilleure compagnie dans le ménage.

ANGELINA.

Je suis bien loin d'en désirer.

M. DELARENTE.

J'y joins encore quelqu'autre chose...; un certain air de jeunesse, qui, j'espère... (*Il se mignarde*) D'un autre côté, mon bon ton, mon esprit vous ouvrent les portes des grandes sociétés, où vous trouverez les plaisirs et les délassemens qui font le bonheur de la vie.

ANGELINA *avec expression.*

Du bonheur ! Ah ! il n'en est plus pour moi, et pour toujours.....

M. DELARENTE.

D'où viennent ces soupirs ? (*A part*) Se pourrait-il qu'à son âge?.... Mais non, je me trompe. (*Il tourne la tête. Haut*) Qui peut vous faire naître de pareilles réflexions ? Vous ne me répondez pas. (*A part*) Aurait-elle déjà ?... (*Haut*) Parlez : pourquoi vous obstiner à garder le silence ?

ANGELINA.

Je ne puis le rompre, Monsieur, que pour vous apprendre que j'aime mieux souffrir toute ma vie que de disposer de ma main.

M. DELARENTE.

Je vous entends et vous devine. Je ne veux pas en savoir davantage. Abandonnez, je vous prie, quelques idées qui ne peuvent que tourner votre tête, sans vous procurer aucun bien. L'honneur que je vous fais ne doit point trouver d'obstacle. Mon hôtel vous attend : venez, et quittez un réduit qui ne présente que le tableau du besoin.

ANGELINA.

Je vous ai dit, Monsieur, ce que je devais vous dire. Rien au monde ne pourra me faire changer.

M. DELARENTE.

Songez encore une fois aux avantages que je vous présente, et n'abusez pas plus long-tems de mes bontés.

ANGELINA.

Toutes vos réflexions, Monsieur, sont inutiles, et persister deviendrait tout-à-fait déplacé.

M. DELARENTE.

Que signifie ce ton décidé ? Ne me forcez pas, je vous prie, de prendre un parti. Pour la dernière fois, je vous le répète....

ANGELINA avec fierté.

Il me paraît bien étrange, Monsieur, que vous me parliez aussi impérieusement. Mes actions vous autorisent-elles à m'insulter ainsi ?

M. DELARENTE.

Je viens de vous tracer le chemin qui vous reste à suivre ; si vous vous y refusez, rien, je vous le déclare, ne pourra plus arrêter mon courroux.

ANGELINA.

Qu'ai-je fait, ô ciel ! De quel droit, Monsieur, violez-vous ma demeure et osez-vous me menacer ?

M. DELARENTE.

Apprenez, puisque vous m'y forcez, que rien ici ne vous appartient plus. Tout est saisi, tout est à moi.

ANGELINA.

Se pourrait-il, grand Dieu ! Quoi ! Vous seriez capable d'une telle infamie ?

M. DELARENTE.

Je ne vous accorde plus qu'un moment pour me suivre. (*Il va vers elle.*)

ANGELINA *en se retirant dit avec véhémence et fierté :*

Il n'y a qu'un homme comme vous, Monsieur, qui ait pu me croire assez vile. Sachez que mille morts sont préférables à cette ignominie. Tout est à vous, j'y consens ; je ne regrette rien, puisque l'honneur me reste.

M. DELARENTE *avec scélératesse.*

Je ne vous quitte pas, et malgré vous.. (*Il va pour la saisir.*)

ANGELINA *s'échappe en criant :* Au secours ! (*Elle gagne le cabinet*)

(*M. Delarente la suit et arrive assez à tems pour l'empêcher d'en fermer la porte. Ses recors paraissent au bruit, l'un d'eux arrête le bras de Mme Masseau, qui est aussi accourue armée de son balai ; les deux autres entrent dans le cabinet par l'ordre de M. Delarente, qui leur dit : Emparez-vous d'elle. On entend Angelina crier ; on la voit arriver évanouie dans les bras des recors qui, apercevant M. Declève et Mme de Bellemont qui entrent, abandonnent Angelina dans un fauteuil, et fuient.*)

Madame de Bellemont et Mad. Masseau s'empressent de secourir Angelina, pendant que M. Declève regarde avec mépris M. Delarente.

SCÈNE XI.

M. DECLÈVE, M. DELARENTE, Mme DE BELLEMONT, Mme
MASSEAU, ANGELINA *évanouie*, GERMAIN, un RECORD.

M. DECLÈVE *à M. Delarente.*

Pour agir ainsi, il faut avoir renoncé à tout sentiment d'honneur.

M. DELARENTE *affectant un air calme.*

Je ne veux pas répondre à un outrage aussi injuste et aussi peu mérité.

M. DECLÈVE

Injuste, grand Dieu! Il faut que le crime vous soit bien familier.

M. DELARENTE *d'un air un peu troublé.*

Revenez de votre erreur. Tout ce bruit n'était que pour la forcer
d'accepter mes richesses et de recevoir ma main.

M. DECLÈVE *le regardant avec mépris.*

Quel front! qu'elle audace! pensez-vous nous abuser par cette gros-
sière imposture? Homme vil et sans ame, le mensonge vous trahit et se
peint sur tous vos traits. Apprenez que nous ne sommes venus que pour
l'arracher de vos mains. Le ciel a permis que vous ayez dévoilé chez
M. Defontanne tous vos plans de scélératesse. Remettez-moi le billet.
(*Il jette l'argent sur une table.*)

M. DELARENTE.

Mais il me semble que vous pourriez entendre...

M. DECLÈVE *l'interrompant.*

Je n'entends rien ; vous êtes un monstre exécrable, qu'on doit bannir
de la société. Sortez d'ici et ne souillez pas de votre présence le temple
de la vertu, si vous ne voulez vous exposer à la sévérité des lois.

Le RECORD *après avoir reçu l'argent et remis l'effet à Germain, dit
à M. Delarente à demi-voix, en se levant :*

Il ne fait pas bon ici, croyez-moi.

M. DELARENTE *en mettant son chapeau.*

Oui, je sors à l'instant même, mais c'est pour vous faire éprouver
tout l'effet de ma colère. Je veux vous accabler tous les deux de ses plus
terribles coups. Je connais le complot qui vous unit ensemble pour trahir
M. Defontanne ; mais bientôt par moi désabusé, il me vengera de vous.
(*Il sortent.*)

M. DECLÈVE *lorsqu'ils sortent.*

Va, Va, ta fausse accusation n'a rien qui m'épouvante. La vérité
a un langage que tu ne connais pas, et qui toujours la fait triompher
du mensonge.

SCÈNE XII.

M. DECLÈVE, Mme DE BELLEMONT, Mme MASSEAU, ANGELINA
qui revient par degrés de son évanouissement.

Mme DE BELLEMONT *en lui prodiguant des soins pendant que Mme Masseau lui apporte des spiritueux.*

Revenez à vous. (*A part*) Qu'elle est intéressante! (*Haut*) Ne craignez
rien, ma chère enfant : vous ne courez plus de danger.

ANGELINA *les yeux fermés.*

Secourez-moi, grand Dieu!

M. DECLÈVE *avec affection.*

Votre oppresseur à fui loin de ces lieux, et pour n'y plus revenir.

ANGELINA *reprenant des forces.*

Ah ! Qui que vous soyez, ayez pitié de moi.

Mme DE BELLEMONT *lui prenant la main.*

Ce sont des amis qui vous entourent.

M. DECLÈVE.

Vous êtes sauvée.... (*A part*) Quel air affable ! que de douceur dans ses traits !...

ANGELINA *se relevant et ouvrant les yeux.*

Je suis sauvée !... Qui m'a parlé ? Où suis-je, hélas ?

Mme DE BELLEMONT.

Auprès de moi, auprès d'une personne qui vous aime, et à qui vous êtes devenue chère par votre infortune.

ANGELINA *voulant se mettre aux genoux de Mad. de Bellemont.*

Ah ! Madame, que je me trouve heureuse d'être à vos pieds !

Mme DE BELLEMONT *à part.*

Je sens couler mes larmes. (*Haut*) Levez-vous, ma chère enfant, venez, venez que je vous embrasse. (*Elle l'embrasse.*)

M. DECLÈVE *à Mad. de Bellemont.*

J'avoue que l'homme est heureux de trouver d'aussi favorables occasions pour exercer sa bienfaisance.

Mme DE BELLEMONT *à part à M. Declève.*

Elle charme à la fois et les yeux, et le cœur.

ANGELINA.

Que ne vous dois-je pas ! combien je bénis le ciel qui vous a envoyés pour me conserver l'honneur et la vie !...

(*Pendant que Mad. Masseau rajuste les habits d'Angelina*)

Mme DE BELLEMONT *à M. Declève.*

Je ne puis vous le dissimuler ; tout en elle m'enchante, et la finesse de ses traits et la délicatesse de ses organes : c'est à un tel point que je sens que je ne pourrai jamais m'en séparer.

M. DECLÈVE *avec inquiétude.*

Femme imprudente ! y pensez vous ? savez-vous où cela peut nous conduire ?

Mme DE BELLEMONT *à part à M. Declève.*

J'ai tout prévu. Laissez-moi faire. (*A Angelina, haut.*) Ne songez, ma chère enfant, qu'à vous tranquilliser. Nous ne vous quitterons plus : bannissez toute inquiétude. Vous allez monter dans ma voiture, et venir habiter avec moi.

ANGELINA.

Ah ! Madame, nourrie depuis dix-huit ans à l'école du malheur, je dois éviter de me livrer à trop de distraction. J'ai besoin de talens, et la raison me fait une loi de travailler : j'ai à remplir des obligations qui m'ont été bien funestes !....

Mme DE BELLEMONT.

Tout est terminé, ma chère amie. M. Declève tient en ses mains votre billet ; il vous fournira, ainsi que moi, l'occasion de vous acquitter, et d'acquérir même de la fortune.

ANGELINA *baissant les yeux.*

Qu'ai-je entendu ?... M. de Clève !...

M. DECLÈVE.

Je n'osais me nommer, trop respectable Demoiselle.

ANGELINA *toujours les yeux baissés.*

Ah ! Monsieur.

M. DECLÈVE.

Je l'avoue à regret : je suis le père d'un enfant qui s'est couvert de honte et d'opprobre ; il ne mérite pas de porter mon nom.

ANGELINA.

Tout m'oblige, Monsieur, à vous dire la vérité. Je ne dois pas vous laisser ignorer que la vertu de Monsieur votre fils a triomphé de son aveuglément, et qu'il s'est montré digne des principes d'honneur qu'il a reçus de vous.

M. DECLÈVE.

Ah ! Mademoiselle, que cet aveu de votre bouche apporte de soulagement dans mon ame!..

ANGELINA.

Je vous le devais, Monsieur, ainsi qu'une éternelle reconnaissance, pour ce que vous venez de faire pour moi.

Mme DE BELLEMONT.

C'est en vous livrant à notre tendresse, en consentant à demeurer avec nous, que vous nous prouverez votre amitié.

ANGELINA.

Je ne sais que répondre, Madame. (*A part*) Valère, Valère ! Quel parti prendre ? (*Haut à Mad. de Bellemont.*) Croyez, Madame, que le désir que j'ai d'être auprès de vous n'est entravé que par la crainte d'abuser de votre trop grande indulgence à mon égard.

Mme DE BELLEMONT.

S'il en est ainsi, partons. (*Elle cherche son ridicule.*)

ANGELINA *à part*.

Que faire, hélas ? Je tremble, j'espère... Ah ! Valère, comment refuser ceux qui vous sont chers, de qui je tiens tant de secours ?

M. DECLÈVE *à Mad. de Bellemont pendant qu'Angelina*
rassemble quelques objets.

Vous me faites trembler pour Valère.

Mme DE BELLEMONT.

Ne craignez rien, vous dis-je. Par honneur, par devoir et par reconnaissance, elle suivra notre volonté ; c'est le moyen de les séparer en leur laissant leur liberté.

M. DECLÈVE.

Et son cœur pourra-t-il supporter... C'est nous exposer à de bien grands dangers.

Mme DE BELLEMONT.

J'ai tout prévu. (*A Germain*) Ma voiture. (*A Angelina*) Venez ma chère amie : c'est pour ne plus nous séparer ; regardez-moi à l'avenir comme une personne qui fera tout pour mériter votre confiance. (*Elle l'embrasse.*)

ANGELINA.

Ah ! Madame, qu'il m'est flatteur d'être avec vous. (*A part*) Valère, Valère ! hélas ! s'il faut que je vous sacrifie, je n'y survivrai pas !...

Fin du quatrième Acte.

ACTE V.

SCÈNE PREMIÈRE. — M. DEFONTANNE, GERMAIN.

GERMAIN.

Vous avez bien raison de vous en réjouir, Monsieur, je puis vous l'assurer, c'est Mlle Angelina dont on vient de vous entretenir : c'est elle qui vous a secouru.

M. DEFONTANNE.

Fais mettre mes chevaux à la voiture. Je veux aller courir chez Mme de Bellemont, m'en convaincre. Aussi bien, j'ai à lui parler de nos petits intérêts. (*Germain sort*)

SCÈNE II. --- M. DEFONTANNE, VALÈRE.

VALÈRE *entrant, désespéré.*

Ah ! Monsieur, je n'ai plus que vous. Je me jette dans vos bras. Ceux de qui je tiens le jour m'ont abandonné, m'ont réduit à l'état le plus déplorable !...

M. DEFONTANNE.

Qui peut te causer, mon ami, une peine aussi profonde ?

VALÈRE.

Rendez-moi à l'espérance, Monsieur ; arrêtez ma rage, arrêtez mon désespoir... Vous êtes sensible, et vous avez été malheureux.

M. DEFONTANNE.

J'ai éprouvé tout ce qui peut ulcérer un cœur.

VALÈRE *avec chaleur.*

Apprenez, Monsieur, qu'Angelina est entièrement séparée de moi, qu'on l'a entraînée dans le piége le plus abominable. Mon père ! juste ciel ! Ah ! quelle cruauté ! Il l'a forcée à me quitter, à le suivre. Angelina ! non, jamais vous n'auriez abandonné celui dont le cœur vous suit partout, qui mourra en prononçant votre nom.

M. DEFONTANNE.

Reviens à toi, mon ami. Reprends tes esprits : donne-moi ta main.

VALÈRE.

Ah ! Monsieur, que je suis à plaindre ! Est-il dans les enfers des tourmens plus cruels ? Angelina, objet de mes plus tendres désirs, est en leur puissance. Je ne puis la protéger ; je ne puis m'armer, la secourir ! Où est-elle ? En quel lieu ? Ciel ! ce que j'éprouve est au-dessus de mes forces. Elle m'aimait, et ils ont tout employé pour m'effacer de sa mémoire... Angélina, Angélina ! Ah ! ciel....

M. DEFONTANNE.

Tu blâmes ton père, mon ami : songe qu'il ne veille que pour assurer ton bonheur.

VALÈRE.

Ah ! ne m'en parlez pas : il m'a déchiré le cœur avec les traits les plus cruels.

M. DEFONTANNE.

La passion qui t'aveugle a détruit ta raison. Si j'avais eu un père, ah ! que de tourmens il m'aurait évité. Tu ne lirais pas dans mes traits le chagrin qui me dévore, triste résultat d'une fatale passion ! Réfléchis, Valère, réfléchis ! Si cette orpheline t'est chère, si tu l'aimes bien sincèrement, tu dois lui sacrifier ton amour, et prendre tous les moyens pour ne point troubler le repos de cette intéressante créature, puisqu'elle ne peut t'appartenir.

VALÈRE.

Jamais, jamais je ne le pourrai. Elle sera unie à mon sort, ou otez-moi ma pénible existence.

SCÈNE III. --- *Les précédens*, GERMAIN.

GERMAIN.

Vous voulez aller chez Mme de Bellemont : je viens vous prévenir qu'elle
arrive par l'avenue.

M. DEFONTANNE *à Valère*.

Ton père peut-être est avec elle. Nous allons lui parler.

VALÈRE.

Non, je ne verrai plus mon père ! Non, Monsieur, il m'a trompé.
Il ne m'a promis d'aller voir Angelina que pour chercher à m'en séparer.
Cette trame infâme détruit pour jamais les liens qui m'attachaient à lui.
Je le fuis pour toujours.

M. DEFONTANNE.

Tu le fuis, malheureux ? Ah ! si tu connaissais son cœur et ses vertus,
tu ne le condamnerais pas, tu respecterais sa prudence et sa justice. Mais
je saurai le dédommager de ton ingratitude, en lui donnant pour récompense cette aimable Mme de Bellemont, qu'il aime, et que son amitié pour
moi lui fait refuser.

SCÈNE IV. --- M. DEFONTANNE, Mme DE BELLEMONT.

Mme DE BELLEMONT.

Que je suis aise de vous trouver seul ; j'ai à vous parler d'une affaire importante, d'Angelina, qui, comme vous le savez, est maintenant en notre
pouvoir, et par conséquent séparée de notre jeune homme.

M. DEFONTANNE.

Valère sort d'ici, il en est furieux ; mais plus tard il vous en remerciera.
C'est un coup de maître : je partais pour vous en faire mon complîment.
J'espère que vous me ferez concourir à assurer à cette jeune Demoiselle
une heureuse existence. Germain vient de m'apprendre que c'est elle
qui m'a secouru avec tant de zèle et tant de courage.

Mme DE BELLEMONT.

On a peine à lui faire avouer le bien qu'elle fait. Je n'ai pu vous
l'amener : mes précautions n'étaient pas prises. C'est un trésor que cette
enfant. Nous vous avons désigné pour être le premier à lui fournir l'occasion d'exercer ses talens.

M. DEFONTANNE.

Que voulez-vous dire ?

Mme DE BELLEMONT.

Il s'agit de votre portrait.

M. DEFONTANNE.

Qui, moi ! y pensez-vous ? Le chagrin, qui a décomposé tous mes
traits, permet-il.... ?

Mme DE BELLEMONT.

Les yeux de l'amitié seront toujours satisfaits de voir multiplier votre
ressemblance. Nous vous en prierons de si bon cœur.. Parlons maintenant,
si vous le voulez bien, de notre transaction. Elle touche à l'époque
fatale où il faut rompre le silence. Je serais charmée de vous en entretenir.

M. DEFONTANNE.

J'y souscris volontiers ; car, à vous dire vrai, la visite que j'allais vous faire avait aussi pour but de vous communiquer mes intentions. J'aurais cependant désiré que M. Declève....

Mme DE BELLEMONT.

Je le croyais chez vous.

SCÈNE V. — *Les précédens*, M. DECLÈVE.

M. DEFONTANNE à *M. Declève entrant.*

Tu arrives fort à propos. J'allais t'envoyer chercher, avec la permission de Madame.

M. DECLÈVE.

De quoi s'agit-il ?

M. DEFONTANNE.

De l'exécution du testament.

Mme DE BELLEMONT *en regardant M. Declève.*

D'un abandon, puisqu'il faut vous le dire, que je viens proposer à Monsieur de lui signer.

M. DEFONTANNE.

Je m'y attendais : vous ne me surprenez point.

M. DECLÈVE *la regardant avec mécontentement.*

C'est le comble de l'aveuglément, Madame, cela ne peut pas être. Tout le monde dira comme moi, qu'il est incroyable que vous vous refusiez à une union qui ne peut avoir que les plus heureux résultats, réunissant tous les deux autant de perfections.

M. DEFONTANNE.

La personne qui est intéressée doit, à mon avis, en savoir plus que toi.

M. DECLÈVE.

Souvent dans sa propre cause on s'aveugle, on se trompe.

Mme DE BELLEMONT.

Jamais sur ce coup d'œil qui nous unit avant de nous parler, que l'on ne rencontre que rarement dans les liens formés par la convenance et l'intérêt.

M. DECLÈVE.

A notre âge, nous ne devons fonder notre union que sur l'amitié et la vertu.

Mme DE BELLEMONT.

L'amour, selon vous, n'a pas besoin d'en serrer les nœuds.

M. DEFONTANNE.

Je ne suis point de ton avis. Bien persuadé que les idées tristes et chagrines ne peuvent convenir au mariage, j'allais chez Madame pour me mettre à sa discrétion.

M. DECLÈVE *avec étonnement.*

Ce sont de ces choses que l'on ne pourra jamais concevoir. Vous n'y pensez pas, mon ami, je dois vous éclairer.

M. DEFONTANNE.

Mes réflexions sont faites, et je persiste.

Mme DE BELLEMONT.

Je me suis prononcée la première. C'est à vous, Monsieur, à user des droits que mon refus vient de vous donner.

M. DEFONTANNE.

C'est juste ; et puisque vous le voulez, j'accepte, et de grands cœur, tous les biens dont votre dédit me donne la propriété, mais à une condition que vous ne pourrez me refuser.

Mme DE BELLEMONT.

J'y souscris d'avance.

M. DEFONTANNE.

C'est qu'ils seront l'apanage de notre ami commun, M. Declève, et que vous permettrez qu'il me remplace auprès de vous. Avant de mettre le pied dans la tombe, je veux au moins faire deux heureux.

Mme DE BELLEMONT.

Ah! Monsieur, qu'avez-vous dit?

M. DECLÈVE.

Ce à quoi je ne puis consentir.

M. DEFONTANNE.

Crois, mon ami, que je n'ignore point que vous vous aimez:

M. DECLÈVE *avec dignité*.

Qui a pu avancer...

M. DEFONTANNE *lui coupant la parole*.

Il est vrai que tu te le caches à toi-même. Mais l'œil de l'amitié a fouillé dans les replis de ton cœur, et malgré tes soins, j'ai pénétré tes sentimens. (*Il montre un papier*) Tu dois au surplus prouver à ce vil Delarente que ce libelle infâme n'a jamais pu te nuire dans mon esprit.

M. DECLÈVE.

J'ai ma conscience pour y répondre...

M. DEFONTANNE.

Plus de retard, je t'en conjure.

M. DECLÈVE.

Avant peu cette lettre me dictera ce que je dois vous dire. (*Il sort.*)

SCÈNE VI. — *Les Précédens*, GERMAIN.

M. DEFONTANNE *à Mad. de Bellemont*.

Rassurez-vous; s'il échappe à l'amitié, il sera, croyez-moi, vaincu par l'amour.

Mme DE BELLEMONT.

Je n'en ai pas l'espoir. Apprenez qu'il savait que je devais tout abandonner pour m'unir à lui, et qu'il me refusait son cœur. L'honneur, la délicatesse le forcent à me sacrifier à la confiance que vous avez en lui.

M. DEFONTANNE.

Je reconnais bien là ses sentimens. La crainte de vous influencer par le moindre espoir le dirigeait. Mais, aujourd'hui, il ne lui reste plus aucun moyen de s'y opposer.

Mme DE BELLEMONT.

Je vous l'avoue, l'inquiétude et la joie sont dans mon cœur.

M. DEFONTANNE.

L'essentiel était que nous fussions d'accord. Soyez tranquille... (*Il sonne; Germain entre.*) Mes chevaux.

GERMAIN.

Ils vous attendent.

Mme DE BELLEMONT.

Que vais-je devenir?

M. DEFONTANNE *à Mad. de Bellemont*.

Allons chez mon notaire faire dresser l'acte : il faudra bien, après, qu'il signe. (*Ils sortent.*)

SCÈNE VI. — GERMAIN.

GERMAIN *seul.*

Comme mon maître est à présent ! Il avait besoin du malheur des autres pour lui faire oublier les siens. Le soin qu'il met à consoler M. de Clève, lui donne plus d'existence.

SCÈNE VII. — GERMAIN, VALÈRE.

VALÈRE.

Je te cherchais, Germain.

GERMAIN.

Monsieur, que désirez vous ? Je suis à vos ordres.

VALÈRE.

Tu vas faire prendre ma malle dans ma chambre, et la feras attacher à ma voiture.

GERMAIN.

Si j'osais vous demander pourquoi ?

VALÈRE.

Je veux profiter de l'absence de mon père pour m'éloigner de ces lieux ; mon parti est pris, l'immensité des mers va m'en séparer.

GERMAIN.

Avez-vous pu former un plan si désespéré ! Abandonner un père ! qui vous chérit si tendrement !

VALÈRE.

Ah ! ne m'en parle pas : de la vie je ne le verrai. Il vient de mettre entre nous une barrière éternelle. J'ai tout fait, tout dit pour qu'il me rendît ma chère Angelina. Il a été inflexible : il m'a repoussé, en me reprochant le déshonneur d'une alliance avec une femme sans biens et sans parens.

GERMAIN.

Mais, Monsieur...

VALÈRE.

Pour la dernière fois, j'ai voulu lui parler. Il m'a répondu en me menaçant de sa malédiction et il m'a quitté. Père injuste ! inhumain ! vous le voulez : je vais vous fuir. Vous n'aurez bientôt plus de fils. O mon Angelina, puisse mon éloignement rassurer tes bourreaux, et te rendre ta liberté !...

GERMAIN *avec vivacité.*

Arrêtez, Monsieur, je ne puis croire une telle injustice. Quoi ! vous voulez que Monsieur votre père et Mme de Bellemont se soient emparés de Mlle Angelina pour la rendre aussi malheureuse ? Non je ne pourrai jamais...

VALÈRE.

Ils ont abusé l'Autorité pour obtenir le droit de plonger mon Angelina dans quelque retraite inconnue, où elle gémit, et je n'ai, hélas ! pour la sauver de son esclavage que mon éloignement.

GERMAIN.

Allons, allons, Monsieur, le chagrin vous trouble ; je suis sûr qu'elle n'a pas quitté la maison de Madame de Bellemont, et qu'elle y est encore.

VALÈRE.

Que dis-tu ? grand Dieu !... chez Mme de Bellemont !...

GERMAIN.

Je l'affirmerais.

(Valère le quitte avec promptitude, sans répondre.)

SCÈNE VIII. — GERMAIN.

GERMAIN *seul*.

Il n'y avait dans cette maison que Mme de Fontanne qui éprouvait des malheurs. Aujourd'hui, ce brave M. de Clève et son fils sont plongés dans une désolation dont je ne vois pas la fin ; car si, d'un côté, la prudence du père est bien juste, l'amour du fils est bien pardonnable. Je n'ai jamais vu une aussi aimable et aussi bonne demoiselle. Qu'elle était intéressante, en quittant sa demeure ! que de combats dans son jeune cœur ! Monsieur Valère d'un côté, la générosité de Monsieur Declève de l'autre, la tendresse de Mme de Bellemont !... Ah ! qu'elle aurait bien voulu trouver un moyen de ne pas répondre à des sollicitations qui lui auront coûté bien des larmes.

SCÈNE IX. — RENÉ, GERMAIN.

RENÉ.

Nous sommes chargés d'objets avec lesquels on peut faire son portrait. Nous ne savons pas où les déposer : nous présumons que c'est cependant pour être placés chez M. de Fontanne.

GERMAIN.

Qui les envoie ?

RENÉ.

C'est Mme de Bellemont qui nous a donné l'ordre d'aller les prendre chez Mlle Angelina, où nous avons trouvé la bonne dans un tremblement dont elle peut à peine revenir.

GERMAIN.

D'où vient cela ?

RENÉ.

M. Valère s'étant trouvé dans les alentours de la maison au moment où le bruit s'est répandu que Mlle Angelina avait été enlevée par ce financier, il est vite accouru ; et ne la trouvant pas, il s'est mis dans une fureur à épouvanter les plus intrépides. Il n'entendait rien, il fallait qu'on la lui trouvât. Il voulait déchirer le monstre, pour le punir de son crime. L'épée à la main, il sortait pour le poursuivre et se baigner dans son sang ; mais le portier, avant de lui ouvrir, lui ayant appris que M. son père s'était emparé de Mlle Angelina, cette nouvelle l'a jeté dans un abattement extraordinaire.

GERMAIN.

Pauvre jeune homme !...

RENÉ.

C'est toujours bien malheureux de s'aimer et de ne pouvoir pas s'épouser, parce qu'on est noble. M. Valère, j'en suis sûr, aimerait mieux n'avoir d'autre titre que celui d'honnête homme.

GERMAIN.

Cela ne te regarde pas, occupe-toi de ton service.

RENÉ.

Tu as raison : il vaut bien mieux que je t'apporte toute ma peinture, tu mettras le tout en ordre. (*Il sort, revient et dit :*) Tiens, voilà le cheval.

GERMAIN.

Dis donc le chevalet.

RENÉ.

Je trouvais effectivement que cela ne lui ressemblait guères. (*Il sort et revient avec la boîte et le reste.*) Voilà ce qu'on appèle *des pinces.*

GERMAIN.

Des pinces! Il faut dire, des pinceaux.

RENÉ *en sortant.*

Des pinceaux? (*Il montre.*) Ceci s'appèle bien des *palets.*

GERMAIN.

On t'a dit des palettes. On voit bien que tous ces objets ne te sont pas familiers.

RENÉ.

Ce n'est pas étonnant; c'est la première fois que je m'en sers.

GERMAIN.

Que tu t'en sers? C'est bien assez de dire que tu les portes. (*On entend du bruit*) J'entends, je crois Mad. de Bellemont. J'en ai peut-être trop dit à M. Valère : par prudence, évitons les reproches.

(*On entend dans l'antichambre Mad. de Bellemont qui dit* : Les a-t-on placés chez M. Defontanne ?)

C'est elle : je te laisse. (*Il sort.*)

SCÈNE X. — Mme DE BELLEMONT, RENÉ.

Mme DE BELLEMONT.

C'est fort bien : c'était dans cet appartement qu'il fallait les déposer. Tu peux maintenant prévenir ces Messieurs, qui se promènent dans le parc, qu'ils se rendent ici.   (*René sort.*)

SCÈNE XI. — Mme DE BELLEMONT.

Mme DE BELLEMONT *seule.*

Valère est sorti. Le moment ne peut être plus favorable. Il vient, m'a-t-on dit, de visiter toute ma maison. J'espère bien, dorénavant, en empêcher. Quoi qu'il n'y ait ici aucun risque à courir, et qu'il est loin de soupçonner Angelina dans cette mason, j'ai toujours pris la clef du cabinet qu'elle occupe en ce moment; et pour plus de sûreté, pendant la séance je veux placer une sentinelle pour le prévenir que son père est dans cet appartement. Cette précaution suffira pour qu'il s'en éloigne.

SCÈNE XI. — Mme DE BELLEMONT, VALÈRE.

VALÈRE, *entrant l'esprit troublé, arrive jusqu'à l'avant-scène sans rien voir ; il s'assied.*

Mme DE BELLEMONT *émue.* (*A part*)

Valère!... O ciel! quelle surprise inattendue!

VALÈRE.

Il faut mourir, je le sens. De tous côtés je suis trahi... Germain, sur lequel je devais le plus compter, vient de me porter le dernier coup. Le lâche! de quelle imposture il s'est servi pour m'arrêter! Non, je ne puis survivre à la méchanceté des hommes. Trompé de tous ceux qui m'environnent, je vais mettre fin à mes maux.

(*Il se lève, prend son pistolet.*)

Mme DE BELLEMONT *prête à s'emparer de son arme* :
Grand Dieu ! Voudrait-il ?... écoutons.

VALÈRE.

Père inhumain ! si vous ne m'avez donné la vie que pour me faire souffrir, venez, venez ; me voilà prêt à vous la rendre. Ah ! chère Angelina ! Toi que le ciel avait formée pour embellir mon existence, je ne verrai plus sur tes lèvres ce sourire céleste de l'innocence. Qui t'apprendra la chûte de mes espérances ? Qui te fera mes tristes adieux ? Ecrivons...

(Il va pour écrire, met son pistolet sur la chaise, tire ses tablettes et se pose, pour écrire, sur la boîte à couleurs. Il la reconnaît.)

Ciel ! que vois-je ? (*Apercevant le reste des instrumens*) Où suis-je ? Grand Dieu ! Dans quel lieu me trouvé-je ? Angelina, ma chère Angelina ! Quoi ! j'ai la main sur ce que vous avez touché ! Est-ce un prestige qui m'environne ? Illusion douce et consolante, qui rendez l'espérance à mon cœur, ne m'abandonnez pas. (*Il touche tout*) C'est bien son chevalet, son léger roseau ; je reconnais cette palette que soutiennent avec tant de grâce ses doigts délicats. (*Il la pose sur son cœur*) Que ces objets sont précieux pour mes sens ! (*Il baise le roseau*) Ah ! mon père, ayez pitié de votre fils. Suis-je, hélas ! dans l'erreur, et ne dois-je cette félicité qu'au bouleversement de mes idées ? Qui me délivrera de cette incertitude ? Ah ! qui que vous soyez, aidez-moi à me reconnaître.

Mme DE BELLEMONT *à part*.

Il me fait peine : tâchons de le calmer.

VALÈRE *la voyant*.

Ah ! Madame, venez à mon secours : je me jette à vos genoux. Je ne vous quitte plus. Je sais tout : mon bonheur est entre vos mains. Vous me l'avez ravie, vous seule pouvez me rendre ma chère Angelina, seul bien que j'aie sur la terre : de grâce ayez pitié de l'ardeur qui me consume.

Mme DE BELLEMONT *un peu sévèrement*.

En parcourant, m'a-t-on dit, toute ma maison, vous vous êtes assuré qu'Angelina n'était plus chez moi...

VALÈRE.

Ah ! Madame, pardonnez mon désespoir. J'en appelle à votre âme sensible. Ayez pitié de moi : n'abusez pas de mes malheurs.

Mme DE BELLEMONT.

Je voudrais plutôt vous sauver. Vous êtes destiné, Valère, à des partis distingués. Votre père s'est sacrifié pour vous en rendre digne. Je ne puis tromper ses espérances. Angelina ne peut s'unir à vous, sans dégrader votre famille. Elle le sait, elle le sent, et elle ne consentira jamais à vous donner sa main sans l'aveu de votre père.

VALÈRE.

Puisque je n'ai plus d'espoir, que mon père veut ma mort, qu'il m'a réduit à n'avoir pas même l'espérance pour consolation, il faut que mon sort s'accomplisse. (*Il arme son pistolet.*)

Mme DE BELLEMONT *lui arrachant*.

Malheureux, qu'allez-vous faire ?

VALÈRE.

Me séparer pour toujours de ceux que j'aimais, et qui ne veulent que mon malheur.

4

M.ᵐᵉ DE BELLEMONT.

Jeune insensé, y pensez-vous ? Est-ce ainsi que vous voulez récompenser les soins de celui qui vous a donné le jour ? (*Elle met son mouchoir sur ses yeux.*)

VALÈRE.

Grand Dieu ! vous vous attendrissez ; laissez-vous fléchir. (*Il lui baise la main.*) Par grâce , que je la voie : que je puisse la contempler une minute , une seconde ; que je respire le même air , et je serai heureux.

M.ᵐᵉ DE BELLEMONT.

Ah ! Valère, non , je ne puis....

VALÈRE *se mettant à ses genoux.*

Par pitié , je vous en conjure... (*Il la presse et marche un genou en terre*)

M.ᵐᵉ DE BELLEMONT.

Si je me rends à tous vos vœux, si je me rends à l'excès de vos chagrins , à l'intérêt que vous m'inspirez, promettez-moi que la raison reprendra sur vous son empire. Vous allez la voir. Jurez-moi de sacrifier votre amour à son bonheur, à son repos.

VALÈRE.

A son bonheur ! Se peut-il , grand Dieu ! Qu'exigez vous de moi ?

M.ᵐᵉ DE BELLEMONT.

C'est à cette condition. Autrement, je tromperais votre père. (*On entend du bruit*). Il vient, c'est lui : évitons sa rencontre. (*Ils sortent*)

SCÈNE XII. — M. DEFONTANNE , M. DECLÈVE.

M. DECLÈVE.

Mon parti est pris , demain Valère partira pour son régiment : la prudence l'exige. Toutes les précautions que pourra prendre Madame de Bellemont sont insuffisantes pour me tranquilliser. Je finirais par m'égarer tout-à-fait.

M. DEFONTANNE.

C'est, à mon avis, le plus sûr.

M. DECLÈVE.

Sans cette mesure , Valère serait exposé tous les jours à entendre l'éloge de cette aimable enfant ; une circonstance imprévue peut la lui faire rencontrer, exalter sa tête, et nourrir un chimérique espoir qui le rendrait malheureux.

M. DEFONTANNE.

S'il faut te l'avouer , elle m'a inspiré le plus vif intérêt, et s'il ne lui manquait que de la fortune...

M. DECLÈVE.

Ce n'est pas la fortune qui m'arrête. C'est parce que les hommes ne sont pas justes, qu'ils ont si peu de vertu , qu'ils n'en font aucun cas ; d'un autre côté , je dois craindre d'être blâmé d'avoir uni mon fils à une personne inconnue.

M. DEFONTANNE.

J'approuve fort ta résolution.

SCÈNE XIII. — *Les précédens*, GERMAIN.

GERMAIN *entrant.*

M. le curé de Neuilly, fâché de n'être pas chez lui lorsque vous y êtes allés, vous fait dire qu'il va vous apporter tous les renseignemens que vous désirez. (*M. de Clève fait un signe de tête*) Il y a dans l'antichambre une femme qui demande à remettre quelque chose à Mademoiselle Angelina. Je l'ai retenue et viens vous en prévenir.

M. DECLÈVE *en regardant M. Defontanne, dit à Germain :*

Tu as bien fait. (*A M. de Fontanne.*) Si vous voulez, nous saurons....

M. DEFONTANNNE *à M. Declève.*

Pourquoi pas ? nous sommes seuls. (*A Germain*) Fais entrer.

SCÈNE XIV. — *Les précédens*, M.ᵐᵉ DENIÈRE.

M.ᵐᵉ DENIERE *entrant avec timidité.*

M. DECLÈVE.

Entrez, Madame, Entrez, et dites-nous ce que vous désirez.

M.ᵐᵉ DENIÈRE *sans voir Angelina.*

Je suis celle pour qui son ame généreuse s'est dépouillée de tout ce qu'elle avait pour m'empêcher d'être réduite, avec ma malheureuse famille, à la dernière extrémité. Je suis celle enfin qui pleure des dons qui ont failli coûter l'honneur et la vie à la trop généreuse Angelina. Je lui apporte le produit de mes meubles et mon cœur reconnaissant.

M. DEFONTANNE.

Allez, ma bonne, allez, remportez votre argent ; nous désirons que le ciel le fasse prospérer entre vos mains, et vous viendrez nous voir, si nos vœux s'accomplissent. Elle vient, vous allez être satisfaite.

SCÈNE XV.

Les précédens, ANGELINA, M.ᵐᵉ DE BELLEMONT.

M.ᵐᵉ DENIÈRE *voyant arriver Angelina se jette à ses genoux, et lui dit :*

Vous que Dieu à créée pour le bonheur des malheureux je tombe à vos pieds et vous apporte...

ANGELINA *ne lui donne pas le tems d'achever, en la relevant :*

Non, non : qu'ils servent à soulager votre indigence. J'espère, par mon travail, vous secourir encore.

M.ᵐᵉ DENIÈRE.

Le ciel peut seul vous faire trouver une récompense digne de vos vertus.

M. DECLÈVE *pendant qu'Angelina congédie avec bonté Mad. Denière :*

Faut-il, hélas ! qu'un si grand trésor ne soit pas apprecié !....

M. DEFONTANNE.

C'est la faute des hommes, mon ami, et non celle de la Divinité.

SCÈNE XVI.

M.ᵐᵉ DE BELLEMONT, ANGELINA, M. DEFONTANNE,
M. DECLÈVE.

Mme. DE BELLEMONT *s'approchant avec Angelina de M. Defontanne.*

Voilà enfin le moment où vous allez vous rendre aux désirs de vos amis.

M. DEFONTANNE.

Plus je réfléchis, et plus j'ai de peine à m'y résoudre.

M. DECLÈVE.

Vous ne pouvez vous y refuser.

ANGELINA *lui prenant la main.*

Ah ! si vous saviez que je n'ai jamais éprouvé tant de désirs d'étudier un modèle.

M. DEFONTANNE *lui sourit , dit à part en se relevant :*

Chaque mot qu'elle me dit soulève ce voile ténébreux qui me couvre.

M. DECLÈVE.

Cette séance ne pourra que vous être agréable. Angelina est si aimable.

M. DEFONTANNE.

J'avoue que sa présence me fait un si grand plaisir qu'il va jusqu'à me faire éprouver un besoin de la voir.

Mme DE BELLEMONT *en riant.*

Ce portrait sera mon présent de noce.

ANGELINA *en plaçant M. Defontanne.*

Quelle expression faut-il donner à mon modèle ?

M. DECLÈVE.

Faites que nous reconnaissions cet ami sincère occupé du bonheur de ceux qui l'entourent, et ne marchant partout qu'éclairé des rayons de la bienfaisance. (*Angelina va se mettre à son chevalet et dit à part :* Valère ! Valère !.... *et soupire*).

Mme DE BELLEMONT *à M. Defontanne.*

D'honneur , je trouve déjà dans vos regards beaucoup plus de gaîté. (*S'adressant à M. de Clève*). Venez : de ma place vous en jugerez.

M. DECLÈVE.

Votre physionomie quitte insensiblement sa triste mélancolie.

M. DEFONTANNE *faisant signe à M. Declève et à Mad. de Bellemont d'approcher.*

Plus je fixe cette jeune enfant, plus je me sens ému.

M. DECLÈVE *à M. de Fontanne.*

N'est-il pas vrai que l'on ne peut envisager une plus jolie personne? (*A part à Madame de Bellemont*). Il s'attendrit en fixant Angelina.

Mme DE BELLEMONT *à M. Declève.*

Je vois qu'il se ranime par degrés , que son teint se colore...

M. DECLÈVE *à Mad. de Bellemont.*

Angelina me paraît avoir l'esprit très-occupé de Valère.

Mme DE BELLEMONT.

Vous vous trompez : je crois que son attention est toute à son modèle.

M. DEFONTANNE *faisant signe à M. Declève.*

Je t'avoue que je crains de rencontrer les yeux de cette intéressante créature.

M. DECLÈVE.

Eh pourquoi ? ils sont si gracieux.

ANGELINA.

D'où peut provenir cette différence dans ses traits? ils ne me semblent plus les mêmes. Je ne suis cependant pas au faux jour.

M. DECLÈVE *à Mad. de Bellemont.*

Qui l'occupe ? Elle paraît émue. Regardez.

M. DE BELLEMONT.

On voit effectivement dans ses yeux les marques de la surprise.

ANGELINA *troublée.*

Me trompé-je? Je crois, par moment, apercevoir à travers les rides qui sillonnent le front de cet homme respectable, des traits qui me sont chers. (*Elle avance un peu sa table.*).

M. DEFONTANNE *à M. Declève.*

Mon ami, tiens, regarde. Je suis tellement troublé, que je crois voir Amélie. Je ne pourrai continuer la séance : cette vision me bouleverse tout-à-fait.

M. DECLÈVE *fait signe à Mad. de Bellemont de s'approcher; il dit à M. de Fontanne :*

Remettez-vous. Ce n'est pas un motif pour perdre courage. Vous devez des égards à cette aimable enfant. (*A part à Mad. de Bellemont.*) Ce qu'il vient de me faire remarquer m'occupe à mon tour.

ANGELINA *agitée.*

O ciel! dans ces traits qui se dérident, dans ce regard animé!.. Oui, c'est lui que j'ai vu. Il m'a fixé : grand Dieu! serais-ce mon père? (*Elle retire de son sein le médaillon, reconnaît son père, lève les yeux au ciel et dit :*) Dieu puissant, Dieu de bonté! prends pitié de celle qui t'implore!...

M. DEFONTANNE.

C'est elle, mes amis!... Ses regards ont pénétré jusqu'au fond de mon cœur. Les forces m'abandonnent. C'est Amélie : oui c'est Amélie que je vois, que j'entends!...

ANGELINA *très-agitée, levant la main, fléchissant le genou de sa place.*

O divine Providence! O mon père! de grâce, ouvrez vos bras. Cette malheureuse abandonnée est votre enfant.

M. DEFONTANNE *lui tendant les mains.*

Viens, mon enfant, viens sur mon cœur.

ANGELINA *en accourant tombe à ses pieds et dit :*

Je suis à vos genoux. Le ciel m'a exaucée : je sens que j'ai retrouvé l'auteur de mes jours.

ANGELINA *essuyant ses yeux.*

Oui, oui, mon enfant, je suis ton père. Un heureux pressentiment m'en avertit.

M. DEFONTANNE *en l'embrassant.*

Laissez-moi vous presser contre mon sein. Que j'embrasse mon père. Ah! qu'il m'est doux de vous voir!..

M. DEFONTANNE.

Rendons grâce à la divine Providence qui t'envoie pour tarir la source de mes larmes, et qui t'a conservée pour me faire jouir de la plus délicieuse des consolations.

SCÈNE XVII. — (*On entend beaucoup de bruit*).

Les précédens , VALÈRE.

VALÈRE *accourant, suivi de toute la maison, tombe aux genoux de son père et dit avec émotion :*

Ah! mon père, cette orpheline, c'est celle que j'aime! (*A M. Defontanne*) Ah! Monsieur, c'est votre enfant!... J'ai devancé le Pasteur qui m'a remis ce papier pour vous en donner l'assurance, en me chargeant de vous dire que le médaillon qu'elle porte, et les dernières paroles de sa mère, qui y sont insérées, suffiront pour vous convaincre.

(Angelina le donne à Mad. de Bellemont qui le remet à M. Declève. Celui-ci, en le regardant, s'écrie :)

De quels maux, grand Dieu, la présence de cet enfant vient de nous délivrer!... (*D'un côté M. Defontanne presse de nouveau Angelina sur son cœur et Valère sert étroitement son père, en regardant Angelina.*)

M. Defontanne *leur dit ensuite, en leur tendant les mains.*

Venez tous, mes amis; goûtons ensemble les charmes de la vraie félicité. Et toi, Valère, qui a su l'apprécier dans sa modeste demeure, viens aussi, mon fils, viens jouir de son immense fortune. (*Valère se précipite dans les bras de M. Defontanne qui lui dit :*) Puissent ses vertus nous mériter le consentement de ton père et celui de Mad. de Bellemont qui s'unit aujourd'hui à lui.

M.me De Bellemont *présente sa main à M. Declève qui la baise en signe d'union et lui dit :*

M. Declève.

Mon silence peut exprimer ce que j'éprouve. (*Il lui met sa main sur son cœur. De l'autre côté,* **Angelina** *et* **Valère** *se témoignent leur ravissement.*)

M. Defontanne *après avoir réuni leurs mains, prend celles de M. Declève et de Mad. de Bellemont et dit :*

Remercions le ciel, mes amis, de ce bonheur inattendu. Vous avez partagé le fardeau de mes peines; je mets en vous tout mon bonheur. Réunissons-nous pour toujours, que nos biens soient communs, n'ayons qu'un seul cœur et qu'une seule ame.

FIN.

9 782329 142746